Königsschuss

Michael „Stani“ Greifenberg

Erste Auflage 2018

Lektora GmbH
Schildern 17–19
33098 Paderborn
Tel.: 05251 6886809
Fax: 05251 6886815
www.lektora.de

Druck: MCP, Marki
Covermotiv: Roland Bauer
Covermontage: Olivier Kleine, olivierkleine.de
Redaktion: Lisa Frey, Vera Frey
Lektorat: Lektora, Lisa Frey, Vera Frey, Christoph Gockel-Böhner
Layout Inhalt: Lektora
Printed in Poland
ISBN: 978-3-95461-134-8

1

Suchen Sie Strunkeln nicht auf der Landkarte, und versuchen Sie nicht, es zu googeln. Sie werden es nicht finden. Nicht, dass es nicht existierte oder wüst gefallen wäre, wie viele der alten Dörfer auf der Paderborner Hochfläche. Nein, Strunkeln ist ein ganz normales kleines Dorf. Man könnte sogar sagen, es ist ein idealtypisches Paderborner Hochflächendorf, so, wie es einige solcher Dörfer dort gibt. Es liegt an der Strunkel, einem jener kleinen hochflächentypischen Flüsse, Flüsschen oder Bäche, wie man sie vor allem dort findet, nur halt nicht bei Google oder auf der Landkarte. Sie zeichnen sich dadurch aus, dass sich ihr Wasser, wenn sich die Hochflächenbewohner im späten Frühling leicht bekleidet aus dem Haus trauen, ängstlich zurückzieht und sich erst im Herbst, wenn die Leute ihre Körper wieder ganz bedecken, aus dem Untergrund zurücktraut. Diesem Umstand verdanken die Paderborner ihre wunderbaren Paderquellen.

Doch auch wenn Strunkeln auf keiner Landkarte und auch nicht durch Googeln zu finden ist, ist es dennoch so typisch, dass es eigentlich jedes Dorf auf der Hochfläche sein könnte. Es ist nicht groß, gerade mal 35 Häuser. Wer hier wohnt, weiß, wo er wohnt und warum er hier wohnt. Wer hier wohnt, gehört auch hierhin.

Der wichtigste Mann im Dorf ist der Bürgermeister. Ist ja normal. Aber der Bürgermeister in Strunkeln ist nicht wirklich Bürgermeister, denn den gibt es seit der Kommunalreform von 1975 nicht mehr. Er ist auch nicht Ortsvorsteher, Schützenoberst oder Chef der Freiwilligen Feuerwehr. Diese Posten braucht er nicht. Böse Zungen behaupten allerdings, er sei Senfbauer, weil er überall seinen Senf dazu geben müsse. Dabei hat er einfach nur zu allem etwas zu sagen. Eigentlich heißt er Bernhard Meier und betrieb früher den Dorfladen. Aber den Namen braucht er nicht, auf jeden Fall nicht im Dorf. Denn da ist er ja der Bürgermeister und der wichtigste Mann im Dorf, zumindest seiner eigenen Ansicht nach.

Der bekannteste Strunkelner außerhalb des Dorfes ist aber sicherlich Lüttmanns Willi. Er betreibt die Dorfkneipe, eine jener Dorfkneipen, wie sie es früher in jedem Dorf gegeben hat, oft auch mehrere. Die meisten aber haben längst aufgegeben. Die idiotische Preispolitik der Brauereien hat das Fassbier so teuer gemacht, dass sich selbst die eingefleischtesten Theken-Dörfler inzwischen lieber ihre Kiste Bier in den Keller stellen, statt in der Kneipe für den gleichen Preis gerade mal drei Glas Bier zu bekommen.

Aber Lüttmanns Willi hat es geschafft, sich zu halten, und das wie gesagt in einem Dorf mit nicht einmal 200 Einwohnern. Nicht, dass die Strunkelner anders als andere Dörfler immer noch fleißig regelmäßig an der Theke verharren und so lange alkoholischen Getränken zusprechen, bis ihre Blicke erstarren und ihre artikulatorischen Fähigkeiten ins Wanken geraten. Nein, Willi hatte den richtigen Riecher. Er ist Biker, eingefleischter Biker, einer jener Biker, die sich Mittwoch für Mittwoch mit ihrer Maschine auf den Weg zur Brocker Mühle zwischen Herzebrock und Marienfeld machen, um sich dort ausgiebig über ihr zweiräderiges Hobby auszutauschen und sich für gemeinsame Ausfahrten zu verabreden.

Wahrscheinlich wäre er nie Biker geworden, wenn sein Vater nicht sein Leben schon vorgeplant hätte. Für ihn war Willi sein Nachfolger als Dorfwirt und fertig. Wozu sollte er da Abitur machen? Zum Zapfen reichte auch ein Hauptschulabschluss. Da war es egal, dass Willi in der Grundschule immer der Klassenbeste gewesen war. Aber sich gegen seinen Vater aufzulehnen, war sinnlos. So rächte er sich an ihm, indem er in einen Motorradclub ging, eigentlich nur als Provokation, womöglich nur, um mit seiner Kutte abends durch die Kneipe zu laufen und so die Leute aus dem Dorf zu erschrecken.

Und als Willi vor ein paar Jahren die Kneipe von seinem Vater übernahm, musste er nicht lange überlegen, um eine Idee zu haben, wie er den Laden wieder zum Laufen bringen konnte. Er ließ sich einen kleinen Flyer drucken, auf dem er Werbung für die schönen Kurven der Eggestraßen und für sein Gasthaus machte mit der dicken Überschrift „Vor den Kurven der Egge gibt es bei Lüttmanns die Schnitzel von Änne“. Zur Sicherheit erklärte er im Text noch seine Mutter Änne zur besten Schnitzelköchin der Voregge. Und diese Flyer verteilte er dann Woche für Woche beim Treffen an der Brocker Mühle, wo sich bei gutem Wetter ja locker ein paar hundert Biker tummeln.

Und so briet schon bald an den Wochenenden Ännes Bratpfanne auf Hochtouren und die Biker waren begeistert. Nicht von den kurvenreichen Straßen der Egge. Denn die waren eher ein Produkt von Willis Dichtkunst. Aber Ännes Schnitzel erwarben sich schnell Kultcharakter. So machten denn viele auf dem Weg ins Sauerland gerne einen Schlenker über Strunkeln, um sich bei Willi mit Schnitzeln zu stärken. Und auch den Nichtbikern blieben Ännes Schnitzel nicht lange ein Geheimnis, so dass ein Ausflug in Lüttmanns Biergarten bald so beliebt war, dass bei gutem Wetter die Plätze unter den Schatten spendenden Eichen hinterm Haus schnell knapp wurden.

Die Strunkelner selber verdanken Willis Idee eine abgesehen vom fehlenden Tante-Emma-Laden noch einigermaßen intakte Dorfstruktur. Sie können ihre Familienfeste noch bei Lüttmanns aufem Saal feiern. Und auch beim Schützenfest muss man nicht irgendeinen ortsfremden Festwirt anheuern. Man bleibt unter sich.

Womit wir beim Wichtigsten wären: dem Schützenfest, dem größten, was das Dorf zu bieten hat. Schützenfest auf dem Dorf, das ist Ausnahmezustand, das ist fünfte Jahreszeit. Denn was dem Kölner oder Düsseldorfer sein Karneval und dem Paderborner sein Libori, das ist dem dörfischen Westfalen das Schützenfest, höchste Stufe tradierten kulturellen Ausbruchs, Kult, Spaß, alles. Und das Strunkelner Schützenfest ist im Prinzip noch großartigerer, denn der Schützenverein hat mehr Mitglieder als das Dorf Einwohner. Das gibt es sonst nur noch in sehr, sehr wenigen Dörfern, was vor allem daran liegt, dass selbst die Weggezogenen nie ihre Strunkelner Identität aufgeben.

Zu übertreffen ist das Schützenfest nur noch durch das Kreisschützenfest, dem absoluten Regional-Höhepunkt westfälisch-dörfischen Lebens. Für das Kreisschützenfest ergreifen sogar die Männer des Ausrichterdorfes die Küchenmesser ihrer Frauen, um Gräsern und Kräutern zwischen den Bürgersteigplatten den Garaus zu machen, damit die zahlreichen Gäste beim Umzug nicht stolpern oder gar, schlimmer noch, denken, das Dorf sei den Rest des Jahres ausgestorben und werde nur für das Schützenfest reanimiert.

Das Besondere am Kreisschützenfest und seine damit einhergehende Einmaligkeit ist allerdings, dass ein Kreisschützendorf frühestens nach 20 Jahren wieder zum Königsschuss antreten darf, was für die Strunkelner allerdings kein Problem ist, weil noch nie einer der ihren den Kreisvogel abgeschossen hat. Lüttmanns Willi drängt jedes Jahr wieder seinen Strunkelner König, es zu versuchen. Aus wirtschaftlicher Sicht für ihn sicher ein vernünftiges Anliegen. Aber der Strunkelner König muss nicht auch noch der beste im Kreis sein, denn er ist ja schließlich schon König von Strunkeln.

2

Der Schützenfestsamstag ist nicht der wichtigste Tag des Schützenfests. Aber er ist wichtig für die Zukunft des Dorfes. Vor allem wichtig für diese Zukunft ist der abendliche Festball, auf dem sich die Jugend der Gegend, also auch der umliegenden Dörfer, trifft und dann auch gerne verpaart. Und damit die Gelegenheiten dazu nicht zu gering sind, sind die Schützenfeste der Umgegend gleichmäßig über die Sommerwochenenden verteilt. So können die jungen Dörfler von Schützenfest zu Schützenfest ziehen, bis sich die Richtigen gefunden haben. Mit einem Witz erklärt der Einheimische diesen Ritus so: „Use Mia, fief Joar verhierot, un nix. Use Lisbeth, ein mol Schützenfest, un dä."

Auf diesen Schützenbällen finden Menschen zueinander, die sich sonst vermutlich nie begegnet wären. Und wenn die dann Kinder kriegen, wird natürlich jedes Mal der Genpool des Dorfes aufgefrischt. Hoffschultens Bernd und seine Anita sind so ein Paar. Sie haben sich seinerzeit beim Schützenball in Grundsteinheim kennen und lieben gelernt. Hoffschultens Bernd ist Urstrunkelner und das Strunkelner Biogewissen. Er hat vor gut drei Jahren den väterlichen Hof übernommen, allerdings nur unter der Bedingung, dass er ihn auf biologische Landwirtschaft umstellen darf, weil er darin die einzige Chance sah, den Betrieb weiter im Vollerwerb führen zu können. Zusammen mit seinem Vater Hermann hat er dann überlegt, wie genau der Hof zukünftig bewirtschaftet werden soll. Denn im ökologischen Landbau gibt es ja unterschiedliche Religionen. So sind die beiden dann beispielsweise nach Schloss Hamborn gefahren, um sich den dortigen Demeter-Betrieb anzuschauen. Der Besuch war ernüchternd. Denn die Kühe nach Mondkalender zu melken, schien nicht nur Hermann dann doch zu übertrieben. So betreiben Hermann und Bernd jetzt einen Bioland-Hof. Für die Hoffschultes war diese Umstellung genau das Richtige. Denn Dank der Umstellung wirft der Hof schon im dritten Jahr so viel ab, dass sie gut davon leben können.

Bernds Frau Anita stammt aus Paderborn, ist Krankenschwester und arbeitet am Vincenz-Krankenhaus. Sie war damals mit ihrer Kollegin Maria, die aus Herbram stammt, zum dortigen Schützentanz gegangen, wo die beiden dann Bernd und seinen Freund Gerd Menzel kennen lernten. Bernd und Gerd sind ein verschworenes Paar. Sie sind gemeinsam in Strunkeln groß geworden und haben von klein auf immer zusammengehangen, sie sind die Plisch und Plum, Stadler und Waldorf oder Asterix und Obelix, also quasi das Dream-Team von Strunkeln. Und an diesem Abend in Herbram hatten sie so viel Spaß mit Anita und Maria, dass sie sich gleich für den nächsten Abend noch mal zum Tanz verabredeten. Und während Anita und Gerd sich immer näher kamen, bildeten Bernd und Maria nur das Begleitpaar zweiter Klasse. Denn Bernd hätte gerne mit Gerd getauscht, und ähnlich ging es Maria mit Anita. Dabei hätten Bernd und Maria im Prinzip gut zueinander gepasst, er, der Hoferbe, und sie, die Bauerntochter. Aber es hatte halt nicht gefunkt zwischen den beiden.

Gerd und Anita hingegen legten einen Tanzmarathon auf das Parkett und fanden dabei zunehmend Gefallen aneinander. Sie schienen auch gut zueinander zu passen, Gerd, der 1,80 große, sportliche IT-Ingenieur, Gewinnertyp 2.0, und Anita, 1,61 klein und von eher zierlicher Gestalt mit zum Zopf geflochtenen langen, blonden Haaren, ausgestattet mit einem unwiderstehlichen Lächeln.

Beim Schützenfest in Strunkeln vierzehn Tage später hatten sich die vier wieder verabredet und Anita und Gerd waren gleich wieder auf die Tanzfläche verschwunden und hatten dort natürlich auch viel Spaß miteinander. Aber dann hatte Bernd Anita in einer Tanzpause davon erzählt, dass er bald den elterlichen Hof übernehmen werde und ihr von der anstehenden Umstellung auf Biobetrieb vorgeschwärmt, und zwar mit einer solchen Begeisterung, dass Anita sich, statt nach der Pause weiterzutanzen, für eine abendliche Hofführung mit Bernd entschied.

Ob es schließlich der Biohof war oder vielleicht doch eher seine warme, tembrierende Bassstimme, gepaart mit einer stattlichen Erscheinung, 1,92 groß, athletisch, mit blondem Lockenschopf? Irgendwas hatte ihn in Anitas Augen als Partner auf jeden Fall plötzlich attraktiver gemacht als Gerd mit seinem Geldausspuckautomatenjob bei Wincor Nixdorf. Und so wurden dann schließlich Bernd und Anita ein Paar, im Gegensatz zu Gerd und Maria, denn Maria war eher ein Gegenentwurf zu Anita, eben nicht von zierlicher Gestalt, sondern mehr der Typ derbes Landmädel und damit nicht wirklich Gerds Geschmack. Aber der nahm die Niederlage bei der Balz sportlich, obwohl er die letzten zwei Wochen mit Anita sehr genossen hatte. Zu dicke war er mit Bernd, als dass eine Frau ihre Freundschaft hätte trüben können, auch wenn er Anita wirklich verdammt attraktiv fand.

3

Es gibt viele triste Orte auf der Welt. Doch es gibt wohl kaum einen tristeren als ein verlassenes Schützenfestzelt am Vormittag, wenn die Schützen sich marschierend auf den Weg gemacht haben, um ihren König von zu Hause abzuholen oder am dörflichen Ehrenmal der gefallenen Helden der letzten beiden vaterländischen Kriege zu gedenken.

Während dieser Zeit ödet das leere Zelt vor sich hin und atmet freimütig die Reste des Vorabendgelages aus, vor allem unendliche Mengen verschwappten Bieres, die sich in die Fugen des Holzfußbodens verkrochen haben, um nun schal, aber nachhaltig vor sich hin zu dünsten. Fast wie Störenfriede in dieser nachfeierlichen Dunstruhe wuseln bisweilen einige Kellner oder Kellnerinnen im Zelt herum und richten die Festzelttische wieder her, wechseln bierdurchtränkte Papiertischdecken gegen frische aus und rücken die klapprigen Klappstühle gerade, auf denen sich bald wieder die Schützen mutig zum Umtrunk niederlassen werden. Denn Mut braucht es eigentlich, das Gestühl zu nutzen. Manche der Stühle machen nämlich stark den Eindruck, als warteten sie schon klammheimlich darauf, bald unter dem Gewicht eines übergewichtigen Schützen zusammenbrechen zu dürfen.

Ab und zu verirren sich noch ein paar vereinzelte Figuren ins Zelt, die dem skurrilen Ritus der Ehrenmals-Heldenverehrung womöglich nichts abgewinnen können und lieber im verwaisten Zelt auf die Rückkehr der anderen Grünröcke warten.

Hoffschultens Bernd und Gerd Menzel sind zwei von diesen Gedenkensverweigerern. Sie konnten noch nie verstehen, wie man nach über 70 Jahren Frieden immer noch derer gedenken sollte, die sich für die Weltherrschaftspläne eines Durchgeknallten hatten abschlachten lassen und von denen zudem auch kaum einer der heutigen Schützen auch nur einen kannte.

Dabei war Gerds Großvater auch im Krieg gestorben. Allerdings war er nicht vom Feind erschossen worden, sondern von den eigenen Leuten, weil er sich geweigert hatte, bei einer Vergeltungsaktion für einen Partisanenangriff in einem kleinen ukrainischen Dorf auch Frauen und Kinder zu erschießen. Aber für solcherlei Helden sind die Ehrenmalstafeln nicht vorgesehen. Kein Wunder, dass Gerd allein schon deshalb keine Lust auf diese Verehrung hatte, was aus dem gleichen Grund selbstverständlich auch für seinen besten Freund galt. Und so genossenen Bernd und Gerd lieber im leeren Zelt die Ruhe vor dem Durst und tauschten sich über den Plan aus, den die beiden ausgeheckt hatten.

Es war eine jener Schnapsideen, die Bernd manchmal hatte. Einer von ihnen sollte dieses Jahr Schützenkönig werden. Um sicher zu gehen, dass ihnen keiner bei ihrem persönlichen Wettstreit dazwischen funkt, hatten sie im Vorfeld mit allen Wichtigen im Dorf gesprochen. Das war auf der einen Seite natürlich der Schützenoberst, der dem Vorhaben auf jeden Fall zustimmen musste und auf der anderen Seite der Bürgermeister, dessen Informiertheit und Mitteilungsbedürfnis sicherstellte, dass binnen kürzester Zeit jeder im Dorf von dem Plan der beiden erfahren würde.

Und dann war da noch der Sheriff. Eigentlich heißt er Dieter Schmidt, ist aber für alle Strunkelner nur der Sheriff, denn er ist bei der Polizei. Dieter ist der einzige Strunkelner bei der Polizei und damit quasi der geborene Dorfsheriff. Erst vor kurzem war er zum Polizeiobermeister befördert worden und wollte das zum Anlass nehmen, auch die Schützenregentschaft zu übernehmen. Es war nicht leicht, ihn von seinem Vorhaben abzubringen. Doch Bernd und Gerd hatten ihn bei einem intensiv feuchtfröhlichen Gespräch bei Lüttmanns davon überzeugt, dass es doof wäre, wenn er ihnen bei ihrem Vorhaben dazwischenschießen würde. Es brauchte gutes Zureden und noch mehr Bier, bis der Sheriff eingesehen hatte, dass es nicht schlau wäre, die beiden in ihrem immerwährenden Wettstreit, den sie vor allem zu ihrer eigenen Freude ja schon von Kindheit an führten, zu behindern. Und jetzt saßen sie da und freuten sich über ihren Coup.

„Was sagt denn Anita dazu, wenn Du König wirst?“, fragte Gerd neugierig.

„Die freut sich. Da darfst Du von ausgehen.“

„Dann verstehe ich nicht, wieso sie sich auf Schützenfest immer dünne macht und stattdessen lieber Nachtwachen im Krankenhaus schiebt?“

„Ach Gerd, das weißt Du doch. Sie hat einfach keinen Bock darauf, sich das Gejeimel der frustrierten Dorffrauen anzuhören, wenn sie an der Sektbar ihren Kummer ertränken. Und da ist so eine Nachtwache halt eine super Entschuldigung.“

„Aber als Königin wird sie sich schwerlich mit einer Nachtwache aus dem Staub machen können.“

„Muss sie ja auch nicht. Denn dann sitzt sie ja im Hofstaat.“

„Im Hofstaat sitzt sie ja in jedem Fall.“

Gerd grinste breit bei dieser wichtigen Möglichkeitskorrektur.

„Bei Dir aber nicht als Königin“, stellte Bernd klar.

„Keine Angst. Ich will ja keinen Streit.“

„Geh ich auch nicht von aus“.

Beide hoben feierlich ihre Gläser und stießen vergnügt mit ihren Bieren an.

Im Zelteingang tauchte Anita auf. Sie sah etwas verschlafen aus. Auf dem Arm trug sie ihren kleinen, neunzehn Monate alten Sohn Gerd.

„Guck mal, dein Papa und dein Patenonkel Gerd planen gerade ihre Regentschaft.“ Sie ging zu den beiden. „Habt ihr euch denn schon entschieden, wer König wird?“

„Schatz, das ist ein Wettkampf. Und Gerd und ich werden ihn fair ausfechten, bis zum letzten Vogelfetzen.“

„Ich weiß. Ihr macht das schon. Aber denk beim Trinken bitte daran, dass ich heute noch mal Nachtwache habe und der Kleine Dich vielleicht heute Nacht noch braucht.“

„Kein Problem, Schatz. Ich bin doch ein braver Papa. Aber wieso bist Du überhaupt schon wieder wach?“

„Frag mal deinen Sohn.“

4

Nachdem der König abgeholt und der Helden gedacht war, machte sich der Schützentross auf den Marsch zurück zum Schützenplatz. Während einige anschließend erst mal nach Hause gingen, um sich für den Nachmittag zu stärken und um mit einer gesunden Grundlage weiterfeiern zu können, verzichteten andere auf feste Nahrung und steuerten direkt wieder das Festzelt an, das sich so langsam mit sich langsam füllenden Schützen füllte. Willybecher für Willybecher stieg die Stimmung. An der Sektbar begannen bald die Frauen mit der Entleerung von Piccolöchen, Feiglingen und Kümmerlingen und waren natürlich damit beschäftigt, sich ausgiebig auch über die Männer und andere, vorzugsweise gerade nicht anwesende Frauen auszulassen, gerne auch herzuziehen, frei nach dem Motto „Je später der Abend, desto niedriger die Schmerzgrenze".

Um zwei Uhr leerte sich das Zelt dann wieder, denn jetzt zog es alle zur Vogelstange. Im Kugelfang wartete bereits der Vogel, eine mehr oder weniger gelungene hölzerne Nachbildung des Preußenadlers, geschmückt mit den Insignien der Macht der Preußen über die westfälischen und rheinischen Provinzen, also mit Krone, Zepter und Apfel, auf seine Fledderung, nachdem er schon am Samstag feierlich im Kugelfang festgeschraubt und mit diesem an der Vogelstange hochgezogen worden war, die zwar immer noch Vogelstange heißt, allerdings inzwischen längst ein stabiler Gittermast ist.

Jetzt galt es, die Prinzen auszuschießen. Und das ist eine Besonderheit des Strunkelner Schützenfestes. Denn während in einigen Dörfern schon ein paar Wochen vor dem Schützenfest der neue König ermittelt wird, damit er sich in Ruhe auf sein Amt vorbereiten kann und vor allem seine Königin Zeit hat, sich ein schönes Kleid auszusuchen, findet in anderen Dörfern das Vogelschießen am Montagnachmittag als Höhepunkt und Abschluss des Schützenfestes statt.

In Strunkeln jedoch gibt es wie sonst nur in Paderborn ein geteiltes Schießen. Am Sonntag werden die Prinzen geschossen. Und wenn die Insignien, also Krone, Zepter und Apfel, das Zeitliche gesegnet haben, indem sie abgeschossen wurden und somit die Prinzen ermittelt worden sind, dann bekommt der Vogel wieder seine Ruhe, bevor die Anwärter auf den Königsthron ihm am Montagnachmittag den Rest geben dürfen. Damit dürfte der Strunkelner Vogel wahrscheinlich einer der am längsten im Kugelfang hängenden Schützenadler überhaupt sein.

Jetzt bildete sich am hinteren Rand der Schützenwiese eine große Traube. Es waren die Schützen und Neugierigen, die im Halbkreis um die Vogelstange, die am anderen Ufer der Strunkel steht, quasi im Waldrand, eingerahmt von zwei saftig grünen Eichen, Aufstellung nahmen, um dem Prinzenschießen den feierlichen Rahmen zu verleihen. Etwas seitlich platzierte sich der Spielmannszug, um den Abschuss der Insignien jeweils musikalisch mit einem Tusch zu begleiten. Nachdem der Pfarrer mit seinem traditionellen Ehrenschuss das Vogelschießen eröffnet hatte, stritten an die zwanzig Schützen um die Prinzenwürde, unter ihnen auch der Scheriff. Er war es auch, der sich mit dem 23. Schuss die Krone sicherte. Damit war klar, dass er Hoffschultens Bernd und Gerd Menzel am Montag keine Konkurrenz mehr machen würde im Kampf um die Königswürde. Denn wer Prinz ist, ist natürlich raus aus dem Schießen.

Den Apfel holte mit dem 58. Schuss Ralf Meier, der Sohn des Bürgermeisters, von der Stange. Er wohnte zwar schon seit zehn Jahren berufsbedingt in Düsseldorf. Das Strunkelner Schützenfest war aber natürlich eine Pflichtveranstaltung für ihn. Er hatte noch nie eines verpasst. Am längsten wehrte sich das Zepter, das dann aber mit der 86. Kugel vor allem zur Freude seiner Bikerfreunde Lüttmanns Willi zur Strecke brachte. Acht der Biker waren Zeugen bei Willis Prinzenschuss, unter ihnen Guzzi Fuzzi, der Zeltzapfer. Als solcher war er unschlagbar. Wenn es richtig brummte im Zelt, war er in der Lage, 50 Liter Bier in einer viertel Stunde durch den Kran zu jagen. Das verschaffte ihm Respekt bei den Dürstenden vor der Theke. Ansonsten war er vom Erscheinungsbild her mit den gemeinen Strunkelnern nur wenig kompatibel. Aber er war ja nicht von hier, sondern aus Sennelager, was dann doch beruhigte. Denn schon seine Normalerscheinung war sehr beeindruckend, wenn nicht Furcht einflößend, seine Vorstrafenliste allerdings auch. Doch die kannte hier zum Glück kaum einer. Seine Erscheinung allerdings war allen bekannt. Er war die Inkarnation eines Klischee-Bikers, muskelbepackt, von oben bis unten tätowiert, die wenigen Resthaare zum Zopf gebunden. Zudem trug er normalerweise eine auffällige, mit Nieten besetzte, schwarze Lederkutte. Wenn er am Zapfhahn stand, begnügte er sich jedoch mit einem Motörhead-T-Shirt.

Kaum hatte Willi dem Zepter den Garaus gemacht, hatte Fuzzi sein Handy am Ohr, um die frohe Botschaft in die Biker-Welt zu senden. Das Ergebnis waren weitere 18 Biker, die im Laufe des Nachmittags aufschlugen, um ihren Prinz Willi zu feiern. Für ein mögliches Freibier setzt man sich schon mal spontan auf den Bock.

5

Der Schützenfestmontag begann wie ein ganz normaler Tag. Um sechs Uhr klingelte Hoffschultens Bernds Wecker. Er musste das Vieh versorgen. Das machte zwar normalerweise sein Vater. Doch der war dieses Jahr beim Schützenfest etwas mehr gefordert, weil er 50 Jahre Mitgliedschaft im Schützenverein feiern durfte, eine Ehre, fast noch größer als die des Schützenkönigs. Die Ehrung war zwar erst beim montäglichen Schützenfrühstück, aber natürlich hatte er sein Jubiläum schon das ganze Wochenende gefeiert.

So war es jetzt also an Bernd, sich um die Tiere zu kümmern, und das an Schützenfestmontag. Nicht, dass er es nicht gewohnt wäre, früh aufzustehen. Aber die Mischung aus Feiern und Sich-um-den-Hof-kümmern-müssen trägt halt nicht unbedingt dazu bei, die Laune zu steigern. Und Morgenstund hat vielleicht Gold im Mund, aber selten Hummeln im Arsch.

Deshalb dachte Bernd schon länger darüber nach, im Kuhstall einen automatisierten Melkstand einzurichten, an dem die Kühe vollautomatisch gemolken werden würden. Doch solange sein Vatter noch fit war und den Melkerjob mit Freude verrichtete, war es besser, diese Umstellung noch hinauszuschieben. Aber sie würde kommen. Heute war es halt sein Job, die Kühe zu erleichtern, und so ging es denn auf in den Stall und an die Melkmaschine.

Um kurz vor sieben hörte er draußen ein Auto vorfahren. Es war Anita. Sie kam von der Nachtwache im Vincenz-Krankenhaus nach Hause, schlug die Fahrertür zu und ging direkt, ohne ihn im Stall zu begrüßen, ins Wohnhaus. Wahrscheinlich hatte sie gar nicht daran gedacht, dass er ja heute melken musste.

Keine zwei Minuten später jedoch stand Anita aufgeregt in der Stalltür.

„Wo ist Gerdchen?"

„Im Bett, wo sonst?" Bernd lächelte Anita an. „Guten Morgen, Schatz."

„Nein, da ist er nicht."

Anita warf ihm einen panischen Blick zu und Bernd versuchte, sie zu beruhigen.

„Quatsch. Ich hab ihn gestern um kurz vor zehn ins Bett gelegt, und er hat geschlafen wie ein Stein. Das macht er doch immer, der kleine Penner." Bernd schmunzelte bei dem Wort Penner. Es gefiel ihm.

„Aber er liegt nicht in seinem Bett. Es ist leer."

In Anita stieg die Angst auf. Das war noch nie passiert. Immer wenn sie von der Nachtwache nach Hause kam, schlief der Kleine noch oder er lag bei Papa im elterlichen Bett. Aber jetzt war er weg.

„Ich hab noch drei Kühe, die ich melken muss. Dann helfe ich Dir suchen. Er muss doch irgendwo stecken. Es kann ihn ja keiner verschluckt haben."

„Vielleicht ist er bei Oma und Opa im Bett", meinte Anita.

„Dann hat er jetzt eine Alkoholvergiftung. Die mussten gestern intensiv vorfeiern."

„Jetzt lass mal diese Scherze. Ich finde das gerade überhaupt nicht lustig."

„Dann guck doch mal, wo der Kleine ist. Ich komme gleich nach. Irgendwo wird er schon sein."

Während Bernd sich wieder den Kühen und der Melkerei zuwandte, verschwand Anita, um im Wohnhaus nach ihrem Sohn zu suchen.

Zunächst schaute sie in allen Zimmern nach, auch in der Speisekammer. Da war er schon mal tagsüber reingeraten auf der Suche nach etwas Leckerem. Doch nirgends war der Kleine. Ständig rief sie ihn, aber er gab keine Antwort. Dann lief sie runter in die Wohnung der Schwiegereltern, schaute in der Küche und im Wohnzimmer nach. Kein Gerdchen. Dann – sie konnte sich nicht mehr zurückhalten – öffnete sie die Schlafzimmertür der Schwiegereltern.

„Hallo, ist Gerdchen hier?"

Hoffschultens Gertrud schreckte hoch.

„Wat ist?"

„Gerdchen ist weg."

„Cherdchen ist wech?"

„Ja, er ist verschwunden. Sein Bettchen war leer, als ich gekommen bin. Und ich finde ihn nirgens."

„Und wo is Bernd?"

Gertrud war plötzlich hellwach.

„Der ist am Melken. Aber da ist der Kleine auch nicht."

Jetzt sprang Gertrud mit einer für ihre 62 Jahre erstaunlichen Eleganz aus dem Bett, schlüpfte in ihre Schluffen und machte sich im Nachpölter mit Anita auf die weitere Suche.

„Was macht ihr denn für'n Krach?", brummelte Hermann in seinem dicken Kopp.

„Wir suchen Cherdchen. Schlaf weiter oder cheh unter die Dusche, damit Du wieder klar wirs im Kopp", herrschte Gertrud ihn an.

„Wie, ihr sucht Cherdchen?“

Hermanns Nachfrage erreichte die beiden schon nicht mehr. Sie hatten sich längst aufgemacht, um auch den letzten Winkel im Haus zu durchsuchen.

Bernd war inzwischen mit dem Melken fertig und kam zurück ins Wohnhaus.

„Anita, wo bist Du?“, rief er schon in der offenen Hintertür, die zum Stall führte.

„Wir sind im Keller. In den Wohnungen ist er nicht. Guck mal auf dem Dachboden nach!“

Bernd lief die Treppe hoch, nahm dabei immer gleich zwei Stufen gleichzeitig. Das machte er immer schon so, schon seit er klein war. Und so war er im Nu oben. Er schaute sich überall um, hinter abgestellten Kisten, in alten Schränken, die sie auf dem Boden abgestellt hatten, um dort nicht mehr gebrauchtes Zeug einzulagern, das sie noch nicht wegwerfen wollten. Er rief ständig nach dem kleinen Gerd, genauso wie die beiden Frauen. Aber auch er bekam keine Antwort und ging wieder die Treppe hinab. Unten im Hausflur traf er auf Anita und Gertrud. Anita schlang ihre Arme um seinen Hals und presste sich fest an ihn. Sie zitterte. Bernd umarmte ihren Körper und drückte sie. Das tat ihr jetzt sehr gut.

Hermann erschien im Bademantel auf dem Flur. Die Spuren der letzten zwei Tage waren nicht zu übersehen und auch seine Ausdünstungen waren nicht von schlechten Eltern.

„Wat is denn los?“

„Der Kleine is wech!“

Gertrud stierte ihn bei diesen Worten so an, dass er schlagartig nüchtern zu werden schien.

„Wech?“

„Ja, wech!“

„Ich suche noch draußen alles ab", ging Bernd dazwischen, bevor dieser Dialog ausarten konnte. „Vatter, geh Du mal duschen! Und dann fütter bitte noch die Schweine, bevor Du zum Schützenfrühstück gehst! Das hab ich jetzt nicht mehr geschafft. Und jetzt gucke ich im Stall und draußen nach Gerd." Anita wischte sich mit dem Handrücken die Tränen aus dem Gesicht.

„Ich komme mit."

6

Entspannt saß Hauptkommissar Pölting an seinem neuen Arbeitsplatz im zweiten Stock des Bullenklosters, wie die Polizeizentrale von den Bürgern der Bischofsstadt liebevoll genannt wird. Er genoss den Blick auf das saftige Grün des Riemekeparks. Seit einer Woche war er jetzt in seinem neuen Job im KK 1 der Paderborner Polizei. Den Rat, sich für die Stelle zu bewerben, hatte ihm seine Chefin bei der Mordkommission in Bielefeld gegeben. Tanja Stuckmann-Gomes war erste Polizeihauptkommissarin und kümmerte sich um ihre Leute. Deshalb hatte sie Pölting von der Stellenausschreibung in Paderborn unterrichtet. Nicht, weil sie ihn loswerden wollte. Aber sie machte ihm klar, dass seine Karrierechancen bei der Mord in Bielefeld nicht rosig waren. Zu jung waren die Kollegen Hauptkommissare dort.

Allerdings war Pölting nicht nur glücklich über seine Beförderung zum Hauptkommissar, sondern auch, weil er jetzt nicht mehr jeden Tag die 50 Kilometer nach Bielefeld fahren musste. Denn von seinem Haus in Scharmede waren es gerade mal fünf Fußminuten zum Bahnhof, dann sieben Minuten mit dem Zug nach Paderborn und da noch einmal fünf zu Fuß bis zum Bullenkloster.

„Ich glaube, das war eine gute Entscheidung, mich für die Stelle hier zu bewerben."

Ein breites Grinsen zog sich über Pöltings Gesicht und seine Körperhaltung vermittelte eher den Eindruck, als säße er gerade in einem Strandkorb an der Ostsee.

Kommissar Feldmann, der am Schreibtisch gegenüber seinen Platz hatte, schaute vom Bildschirm auf, auf dem er noch mal die Vernehmungsprotokolle einer brutalen Schlägerei am Rande des Schützenfests in Sennelager vor einer Woche durchging. Einige britische Soldaten hatten, bevor sie Deutschland endgültig verlassen, noch einmal ihre Visitenkarte hinterlassen wollen, aber nicht damit gerechnet, dass einer der Zapfer in der Schützenhalle eine der schillernden Figuren der Bikerszene der Region ist und kurz seine Freunde angerufen hat, damit die für Ordnung sorgt. So wurde der Abschied für die britischen Soldaten ein erst einmal sehr schmerzhafter.

„Ja, wenn man hier aufschlägt, wenn das Schlachtfeld gerade geräumt ist, dann ist das kein schlechtes Timing, Chef", frotzelte Feldmann, der sich seinen Unmut über die Lektüre der Vernehmungsprotokolle durchaus anmerken ließ.

„Tut mir leid. Hätte ich gewusst, dass es in Sennelager 'ne Riesenschlägerei gibt, hätte ich mich natürlich eine Woche eher für den Job hier beworben", gab Pölting mit überzeugendem Entschuldigungston zurück. „Aber vielleicht haben die den Termin ja auch vorgezogen, weil sie wussten, dass ich nach Paderborn wechsle. Ich meine, ein paar von den Jungs kenne ich bestimmt ganz gut aus Bielefeld."

Diese Idee bereitete ihm sichtlich Vergnügen.

„Aber davon abgesehen kannst Du den Chef ruhig weglassen. Ich heiße Franz-Josef. Meine Freunde nennen mich Franjo."

„Und die Feinde?"

„Meine Feinde sind tot."

Pölting lächelte bei dieser Bemerkung süffisant, was Feldmann offenbar irritierte.

„Hör mal, ich war bei der Mord in Bielefeld. Verstehst Du?"

Feldmann schien ihn immer noch nicht zu verstehen.

„Hallo – das war ein Scherz. Ein Scharmeder hat keine Feinde, nur Scharmeder", packte Pölting noch mal einen drauf.

„Dann hab ich ja Glück. Ich wohne im Riemeke. Ich bin übrigens der Klaus. Und meine Freunde nennen mich Klaus."

„Gut. Das kann ich mir merken – Franz."

Feldmann stutzte kurz, ehe ihm plötzlich klar wurde, das Pölting versuchte, ihn hochzunehmen. Er musste schmunzeln, was Pölting gefiel. Mit ihm würde er noch viel Spaß haben.

„Aber mal Scherz beiseite, Klaus. Wo kriegen wir heute Mittag was Vernünftiges zum Essen? Das Essen beim Kaufland hat mich jetzt nicht vom Hocker gehauen. Standardessen aus der Warmhalte-Therme ist nicht meine bevorzugte Nahrung, und immer nur beim Asiamann essen wird auch schnell langweilig."

„Wir können ja heute beim Finanzamt essen. Das Essen in der Kantine da ist ganz gut und günstig."

„Das klingt sehr gut. Und wir dürfen da auch essen?", wollte Pölting noch wissen.

„Sicher", beruhigte ihn Feldmann.

Auf seinem Schreibtisch klingelte das Telefon.

„Kaum spricht man vom Essen, klingelt das Telefon, das war in Bielefeld auch nicht anders", amüsierte sich Pölting.

Feldmann nahm sich den Hörer. „Hier Feldmann."

„Hier ist die Leitstelle. Wir haben hier den aufgeregten Anruf einer Frau. Sie sagt, ihr Kind sei verschwunden."

„Stellen Sie mal durch!"

„O. K."

Feldmann wartete einen Moment, bis er am anderen Ende aufgeregtes Atmen wahrnahm.

„Hier ist die Kriminalpolizei Paderborn, Kommissar Feldmann."

„Guten Tag. Anita Hoffschulte. Mein Kind ist weg." Anitas Stimme klang panisch, fast aufgelöst.

„Wie, weg?" Feldmann schien elektrisiert.

„Einfach weg. Ich bin heute Morgen nach Hause gekommen, und da war er weg."

„Wer?"

„Mein Junge."

„Einen Moment", sagte Feldmann ruhig. „Ich stelle mal auf laut. Dann kann mein Kollege mithören."

Er drückte auf die Lautprechertaste des Telefons. Auch Pölting gab seine Strandkorbsitzhaltung auf und beugte sich, an den Schreibtisch herangerückt, nach vorne, um zuzuhören. Das Thema Essen war erst mal vom Tisch.

„Noch mal", fuhr Feldmann fort, „Sie sind heute Morgen nach Hause gekommen?"

„Ja"

„Wo waren Sie denn?"

„Ich hatte Nachtwache. Ich arbeite im Vincenz. Und als ich heute Morgen nach Hause gekommen bin, wollte ich nach dem Kleinen sehen. Und da war sein Bett leer."

Feldmann fragte ganz ruhig nach: „Von wo rufen Sie denn an?"

„Aus Strunkeln."

„Aus Strunkeln. Und Sie arbeiten im Vincenz-Krankenhaus. Da sind Sie ja eine Weile unterwegs, oder?" Feldmann versuchte,l sie mit seinen Fragen etwas zu beruhigen. „Wann waren Sie denn zu Hause?"

„Kurz vor sieben."

„Und wer hat sich heute Nacht um Ihr Kind gekümmert?"

„Mein Mann."

„Und wo war der?"

„Zu Hause."

„Ihr Mann war zu Hause?", mischte sich Pölting in das Gespräch.

„Ja, er war im Stall, als ich nach Hause kam."

Pölting war verwirrt.

„In was für einem Stall?"

„Wir haben einen Bauernhof. Er hat gemolken."

„Und ihr Kind war im Bett?"

„Eben nicht!"

Anitas Aufregung schien sich mit jeder Nachfrage zu steigern.

„Hätte aber im Bett liegen sollen?", präzisierte Pölting seine Frage.

„Jaaaa!"

Es war ein verzweifelter Schrei, der sogar die beiden Kommissare am anderen Ende der Leitung erschrecken ließ.

„Haben Sie ihn denn schon gesucht?", fragte Pölting mit beruhigendem Ton weiter.

„Ja, überall. Er ist nirgendwo." Man hörte, wie Anita zu weinen begann. „Wir haben alles abgesucht."

„Wissen Sie was, Frau – äh?"

„Hoffschulte"

„Wissen Sie was, Frau Hoffschulte? Wir kommen vorbei."

„Ja, bitte", flehte Anita.

„Wo wohnen Sie denn?"

„In Strunkeln."

„Das weiß ich. Und wo in Strunkeln wohnen Sie?"

„Ach so. An der Strunkel 5."

„Gut. Ich denke, in gut einer halben Stunde sind wir da, Frau Hoffschulte."

„Danke." Anita klang erleichtert.

„Bis gleich."

Er gab Feldmann ein Zeichen, aufzulegen.

„Warum schicken wir nicht vorerst einen Streifenwagen vorbei, Franjo?", wollte Feldmann wissen. „Die können doch auch nachsehen."

„Erstens ist die Frau völlig fertig. Das klang grad gar nicht gut", stellte Pölting seine Einschätzung der Situation klar. „Und zweitens wollten wir heute Mittag lecker Essen. Und in Strunkeln ist doch der Gasthof Lüttmann. Da kriegt man leckere Schnitzel."

„Aber nicht heute. In Strunkeln ist Schützenfest."

„Schade." Pölting schien kurz enttäuscht, stand dann aber schwungvoll auf und blies zum Aufbruch: „Dann aber trotzdem erstens."

7

Das Schützenfrühstück schien seinen ganz normalen Lauf zu nehmen. Zwar hatte es sich inzwischen rumgesprochen, dass der kleine Hoffschultenjunge verschwunden war. Die meisten Schützen schien das aber nicht davon abhalten zu können, das montagmorgendliche Schützenfrühstücksgelage zu genießen. Selbst der Pfarrer war in der Morgenandacht im Zelt nicht auf das Verschwinden des Jungen eingegangen. Irgendwann würde er schon wieder auftauchen, waren die meisten ohnehin überzeugt. Auf jeden Fall wollten sie sich ihr Schützenfest durch diesen kleinen Zwischenfall nicht vermiesen lassen.

So nahm das Schützenfrühstück seinen Lauf und mit ihm lief auch das Bier. Die Stimmung im Zelt stieg von Glas zu Glas und war auch durch die unvermeidlichen Grußworte der anwesenden Honoratioren nicht zu trüben. Der Bürgermeister, also nicht der von Strunkeln, sondern der richtige, der von Lichtenau – Strunkeln gehört zu Lichtenau, streute zur Freude der Schützengemeinde auch noch ein paar lustige Anekdötchen in seine Rede ein.

Erst als es an die Ehrung der Jubilare ging, merkte man vor allem dem Oberst Rudolf Hildebrandt an, dass das heute kein einfaches Ordenanheften werden würde. Zunächst galt es, die Schützen zu ehren, die 25 Jahre Mitglied im Verein waren. Das war noch ein fröhliches Stelldichein mit neun Jubilaren. Dann galt es, zwei Mann für ihre 40jährige Mitgliedschaft zu ehren.

Auch diese Ehrung bereitete dem Oberst keine Probleme. Doch der Höhepunkt der diesjährigen Auszeichnungen, die Ehrung von Hoffschultens Hermann für seine 50 Schützenjahre, fühlte sich eher wie eine Trauerfeier an.

Die ganze Zeit schon hatte er wie ein Häufchen Elend am Tisch gesessen und teilnahmslos an seinem Willybecher genuckelt. Seine vorfreudige Feierstimmung der letzten Tage war nachhaltig verflogen. Auch der langanhaltende Beifall der Schützenbrüder, der aufbrandete, als der Oberst ihn auf die Bühne rief, konnte seine Miene nicht aufhellen. Als Rudolf Hildebrandt ihm schließlich die goldene Ehrennadel anheftete und dabei ein paar tröstende Worte suchte, die ihn eigentlich hätten aufmuntern sollen, konnte Hermann seine Tränen nicht mehr zurückhalten. Er schüttelte dem Oberst kurz dankend die Hand und machte sich direkt auf den Weg zum Ausgang. Gerd Menzel eilte hinzu und legte ihm den Arm auf die Schulter.

„Komm Hermann, ich begleite Dich rüber."

„Danke, Gerd."

Kaum hatten die beiden das Zelt verlassen, hörten sie, wie drinnen direkt der Spielmannszug zu spielen begann. Anscheinend hatte es jetzt auch dem Oberst Stimmung und Stimme verschlagen.

8

Als Franz-Josef Pölting und Klaus Feldmann mit Ihrem Wagen auf Hoffschultens Hof einbogen, wurden sie bereits erwartet. Anita und Gertrud Hoffschulte saßen auf der Bank, die neben der Haustür auf der Eingangsveranda steht. Anita saß etwas zusammengekauert da und Gertrud hatte ihren Arm tröstend um Anitas Schulter gelegt, obwohl auch sie sicherlich genauso viel Trost hätte gebrauchen können. Die beiden Polizisten stiegen aus und gingen hinüber zum Haus.

„Guten Tag, die Damen, ich bin Hauptkommissar Pölting und das ist mein Kollege, Kommissar Feldmann. Sie sind Frau Hoffschulte?"

„Ja", antworteten beide Frauen gleichzeitig.

„Ich bin die Omma", fuhr Gertrud fort. „Und dat is meine Schwiegertochter Anita."

„Dann haben wir gerade miteinander gesprochen?"

Pölting gab Anita die Hand, dann auch Gertud.

„Ja", antwortete Anita fast unhörbar leise.

„Können wir irgendwo in Ruhe reden? Hier draußen auf dem Präsentierteller ist es ja nicht so schön."

„Ach, die sind alle bein Schützenfrühstück", warf Gertrud mit einer abfälligen Handbewegung ein.

„Ja, aber doch nur die Männer. Und die sind bekanntlich nicht unbedingt die Neugierigsten", konterte Pölting.

„Da ham Se ma Recht. Kommen Se! Wir chehn unten inne Küche. Da stört uns keiner."

Gertrud ging vor ins Haus und Anita und die Polizisten folgten ihr.

„Setzen Se sich mal annen Küchentisch! Ich mach uns 'n Kaffe."

Die Küche machte den Eindruck, als sei hier vor dreißig oder vierzig Jahren die Zeit stehen geblieben. Von der Tür aus bis unter das Fenster reichte eine große L-förmige Küchenzeile mit allem, was die Köchin so braucht, und in der gegenüberliegenden Ecke stand eine ausladende Eckbank, davor ein Tisch, dessen Größe vermuten ließ, dass an ihm schon einmal zahlreichere Mäuler zu stopfen gewesen waren. Zusätzlich waren am Tisch noch vier Küchenstühle. Pölting setzte sich am Kopfende des Tisches auf die Eckbank, Feldmann auf den Stuhl daneben. Anita rutschte auf der Eckbank an die Kommissare heran. Deren Anwesenheit schien ihr gut zu tun, sie zu beruhigen.

„Schön, dass Sie direkt gekommen sind", wandte sie sich an die beiden. „Ich habe solche Angst, dass irgendwas Schlimmes passiert ist."

„Wie kommen Sie darauf, dass etwas Schlimmes passiert ist?" wollte Feldmann wissen.

„Na, ein 19 Monate altes Kind steigt doch nicht nachts aus seinem Bettchen und verschwindet einfach. Und ich hab auch noch nie gesehen, dass er da alleine rausgekommen ist."

„Ja, merkwürdig ist das Ganze schon", stimmte Pölting zu. „Erzählen Sie alles noch mal von vorne. Sie sind also heute Morgen von der Arbeit nach Hause gekommen?"

„Ja, um kurz vor sieben."

„Wann kurz vor sieben?"

„Ich weiß es nicht genau. Ich habe nicht auf die Uhr geschaut. Ich habe um kurz nach halb die Station verlassen."

„Wo arbeiten Sie denn?“

„Im Vincenz-Krankenhaus auf der Kardiologie.“

„Und die Nachtwache geht bis halb sieben?“

„Nein, um sechs ist Übergabe.“ Anita schien die Befragung gut zu tun. Sie antwortete ganz ruhig. „Die dauert circa zehn Minuten. Aber dann quatschen wir meist noch bei einem Kaffee.“

„Und wer kümmert sich um Ihren Sohn, wenn Sie Nachtwache machen?“

„Mein Mann. Das machen wir immer so.“

„Ihr Mann hat sich also heute Nacht um Ihr Kind gekümmert?“, bohrte Pölting nach.

„Ja, sicher.“

„Und wo ist Ihr Mann jetzt?“

„Im Stall. Soll ich ihn rufen?“

„Das wäre schön.“

„Moment.“

Sie zog ihr Handy aus der Tasche, um Bernd anzurufen. Es dauerte nur einen Moment, bis er abnahm.

„Schatz – die Polizei ist da. – Kannst Du rüber kommen? – Wir sind in der Küche unten.“

Sie legte auf und das Handy vor sich auf den Tisch. „Er kommt gleich.“

„Das ist gut.“

„Frau Hoffschulte“, mischte sich Feldmann jetzt ein, „sagen Sie, in Strunkeln ist doch Schützenfest. Wieso machen Sie dann Nachtwache?“

Anita sah ihn skeptisch an. „Sie sind keine Frau.“

„Was hat das damit zu tun?“

Feldmann war von Anitas Reaktion sichtlich irritiert.

„Als ich hier frisch war in Strunkeln und mein erstes Schützenfest als die neue Frau Hoffschulte hatte, war ich sehr begehrt. Alle wollten mich näher kennen lernen. Das war richtig nett", erinnerte sich Anita. „Aber dann landen sie als Frau irgendwann automatisch mit den anderen Dorffrauen in der Sektbar. Das ist erst mal ganz lustig. Aber wenn die meisten im Laufe des Abends genug Feiglinge und Kümmerlinge getankt haben, dann fangen vor allem die Waschweiber – und die gibt's überall ; dann fangen die an, schmutzige Wäsche zu waschen. Und das ist dann überhaupt nicht mehr lustig. Deshalb habe ich im nächsten Jahr halt dafür gesorgt, dass ich an Schützenfest Nachtwache machen muss."

„Mit dem Baby?" Feldmanns Frage klang leicht empört.

„Nein, letztes Jahr war ich noch in Elternzeit. Aber mit 'nem sieben Monate alten Baby muss man auch nicht in die Sektbar."

„Aber jetzt haben Sie wieder Nachtwache gemacht?"

„Die mache ich schon wieder, seit der Kleine ein Jahr alt ist. Und das läuft ja auch super." Anita musste schlucken. „Bis jetzt."

„So, getz chibt's erst mal Kaffe", unterbrach Gertrud resolut das Gespräch, verteilte die Tassen auf dem Tisch, stellte den Zuckerpott und ein Milchkännchen dazu und schenkte allen ohne vorherige Nachfrage Kaffee ein.

„Danke, Frau Hoffschulte", bedankte sich Pölting artig.

Das war noch echter Landfrauenservice. Der funktioniert auch noch in den angespanntesten Situationen und es ist sinnlos, sich gegen ihn zu wehren. Das gefiel ihm.

Feldmann nahm sich einen Löffel Zucker und einen Schuss von der frischen Milch in seinen Kaffee.

„Ja, danke."

Im Flur hörte man eine Tür schlagen. Dann betrat Hoffschultens Bernd die Küche. Pölting stand auf und streckte ihm die Hand entgegen.

„Guten Tag, Herr Hoffschulte. Ich bin Hauptkommissar Pölting."

„Bleiben Sie doch sitzen", winkte Bernd ab.

„Und das ist mein Kollege, Kommissar Feldmann", wies Pölting mit einer Geste auf den gerade noch an seinem Kaffee nippenden Kollegen.

„Guten Tag." Feldmann nickte.

Der Kaffee war lecker. Bernd setzte sich auch auf die Bank und rutschte zu Anita rüber.

„Komm, trink auch erst ma'n Kaffe, Junge." Gertrud stellte ihm eine Tasse hin und goss ein.

„Danke, Mutter."

Bernd musste erst einmal tief durchatmen. Die Anspannung setzte auch ihm sichtlich zu.

„Herr Hoffschulte", Pölting schaltete wieder in den Befragungsmodus, „Sie hatten heute Nacht Kinderdienst, sagt Ihre Frau."

„Ja, sicher."

„Trotz Schützenfest?"

„Das ist überhaupt kein Problem." Ein Lächeln huschte über Bernds Gesicht. „Ich musste eh heute früh raus, weil unser Vatter ja sein Jubiläum feiern muss."

„Was für ein Jubiläum?"

„Er wird jetzt gerade drüben geehrt für 50jährige Mitgliedschaft im Schützenverein."

„Das ist ja mal was", stellte Pölting anerkennend fest. „Und Sie haben also Ihren Sohn gestern Abend ins Bett gebracht?"

„Ja."

„Wann?"

„Kurz vor zehn. Er ist auf dem Sofa eingeschlafen, und dann habe ich ihn rüber getragen und ins Bett gelegt. Er hat geschlafen wie ein Murmeltier."

„Und Sie?"

„Ich habe dann noch Barnaby geguckt, und danach bin ich auch ins Bett."

„Und Ihnen ist nichts Besonderes aufgefallen?"

Bernd schüttelte verneinend den Kopf.

„Nein, nichts."

„Und heute Morgen?"

„Heute Morgen ging um sechs der Wecker. Dann bin ich aufgestanden, hab mich fertig gemacht, einen Kaffee getrunken, und dann bin ich in den Stall. An der Kinderzimmertür habe ich kurz gelauscht. Aber es war alles still. Und dann bin ich halt runter in den Stall, um die Kühe zu melken."

„Sie haben nicht ins Kinderzimmer reingeschaut?", wollte Feldmann jetzt wissen.

„Nein. Warum sollte ich?", antwortete Bernd fast entrüstet. „Ich wollte den Kleinen doch nicht wecken."

„Herr Hoffschulte", Feldmann beugte sich bei seiner Frage vor und stützte sich mit den Unterarmen auf der Tischkante ab, um seiner Frage Nachdruck zu verleihen, „Sie haben also nicht nachgesehen, ob Ihr Kind noch im Bett lag?"

„Nein", bestätigte Bernd noch mal bestimmt.

„Er hätte also schon verschwunden sein können, als Sie in den Stall gingen?"

„Weiß ich nicht. – Ja." Hoffschultens Bernd schüttelte verstört den Kopf. „Wie-, wie-, wieso hätte er verschwunden sein sollen?"

„Wieso, wieso?" Feldmanns Ton wurde schärfer. „Er ist doch verschwunden, oder?"

Auch Anita und Gertrud schauten jetzt sichtlich verstört auf Feldmann, der merkte, dass er sich etwas im Ton vergriffen hatte.

„So kommen wir nicht weiter." Pölting übernahm mit bewusst ruhigem Ton wieder die Gesprächsführung. „Haben Sie überall gesucht?"

„Natürlich", antwortete Anita, während Bernd, anscheinend immer noch verwirrt von Feldmanns Insistenz, nur zustimmend nicken konnte.

„Gut, dann tun Sie mir einen Gefallen. Suchen Sie noch mal alles ab. Suchen Sie auch da, wo Sie meinen, dass da eigentlich nichts sein kann. Wenn sich Ihr Sohn vielleicht irgendwo versteckt hat, dann denken Sie bitte daran, dass so ein kleines Kind nicht viel Platz braucht. Drehen Sie alles auf links, Schubladen, Kohlenkasten, alles. Wir können jetzt erstmal nichts machen. So lange das Schützenfest läuft, will ich hier nicht mit einem Suchtrupp für Aufruhr sorgen. Wir fahren nach Paderborn zurück. Wenn Sie den Jungen finden, rufen Sie uns sofort an. Hier ist meine Karte."

Pölting zog eine Visitenkarte aus der Tasche, warf einen flüchtigen Blick darauf und stellte fest, dass er ja noch die alten Visitenkaten aus Bielefeld einstecken hatte. Die neuen waren noch nicht fertig. „Der Kollege Feldmann gibt ihnen seine Karte. Ich habe dummerweise die falschen dabei. Wenn Sie den Jungen finden oder sonst irgendwas Auffälliges ist, rufen Sie uns bitte direkt an. Ansonsten melde ich mich heute Nachmittag auf jeden Fall noch mal. Und wenn der Kleine dann immer noch verschwunden ist, werden wir spätestens morgen früh mit einer größeren Mannschaft nach ihm suchen."

Pölting und Feldmann standen auf, Feldmann rückte seinen Stuhl an den Tisch und sie verabschiedeten sich.

„Wir hören uns."

Anita schien ob des Angebots sichtlich erleichtert.

„Danke. Warten Sie. Ich bringe Sie raus."

Als die drei auf die Eingangsveranda hinaustraten, kamen ihnen Hoffschultens Hermann und Gerd Menzel entgegen. Hermann warf nur einen kurzen Blick auf die beiden Polizisten.

„Tach."

„Hermann, was ist?", fragte Anita erschrocken.

Hermanns Anblick verstörte sie noch mehr, als sie ohnehin schon war. Der aber ging ohne einen weiteren Kommentar an ihnen vorbei und verschwand im Haus.

„Der ist völlig aufgelöst. Als Rudi ihn bei der Ehrung mit einem ‚das mit dem Kleinen wird schon gut ausgehen' trösten wollte, konnte er nicht mehr und hat offen losgeheult. Ich hab ihn mir dann geschnappt und rausgebracht."

„Danke, Gerd." Anita versuchte ein Lächeln, das sich aber nicht wirklich einstellen wollte. Sie war halt nicht Angela Merkel.

„Ach so. Das sind zwei Herren von der Polizei", wies sie auf die Kommissare, „und das ist Gerd Menzel, der Patenonkel."

„Das ist schön, dass Sie schon da sind und helfen."

Gerd streckte ihnen die Hand hin und drückte zuversichtlich die der beiden.

„Dafür sind wir da, Herr ...", den Namen hatte Pölting noch nicht abgespeichert.

„Menzel."

„Richtig. – Frau Hoffschulte, wir hören uns."

Er gab den beiden die Hand und auch Feldmann verabschiedete sich freundlich lächelnd. Auch wenn er wusste, dass das jetzt nicht wirklich helfen konnte.

„Danke noch mal und bis nachher."

Anita war bei diesen Worten schon wieder auf dem Weg zurück ins Haus. Gerd folgte ihr und zog die Haustür hinter sich zu.

Zurück am Auto lehnte sich Pölting mit beiden Armen auf das Dach und stützte seinen Kopf in die Hände, während Feldmann aufschloss.

„Oh, man, das ist kein Spaß, Klaus."

„Ich hab auch überhaupt kein gutes Gefühl", pflichtete der ihm mit hochgezogenen Augenbrauen bei.

„Fahren wir."

9

Um zwei Uhr sollte der zweite Teil des Vogelschießens beginnen, der Wettkampf um die Königswürde und Höhepunkt des Schützenfests. Aber um zehn vor zwei saßen die beiden einzigen Kandidaten immer noch bei Gertrud in der Küche. Der Oberst war nach dem Ende des offiziellen Teils des Schützenfrühstücks rübergekommen, um zu klären, was jetzt passieren soll.

Hoffschultens Bernd, der immer noch in seinen Arbeitsklamotten da saß, schüttelte ablehnend mit dem Kopf.

„Ich kann das nicht. Ich kann jetzt nicht die Uniform anziehen und auf den Vogel schießen, als wenn nix wär." Dann wandte er sich Gerd Menzel zu. „Hör mal, Gerd, der Kleine ist verschwunden. Weg. Soll ich so tun, als wär der auf einem Ausflug, und ich darf den fröhlichen Schützen spielen? Nee, das kann ich nicht."

„Kann ich verstehen", räumte der Oberst ein. „Aber irgendwas müssen wir uns einfallen lassen. Der Sheriff fällt als Kandidat aus. Der hat gestern die Krone geschossen. Und wer anders fällt mir jetzt nicht ein."

„Dann muss halt Gerd alleine schießen. Ist zwar langweilig, aber immer noch besser als gar kein König", schlug Bernd vor.

„Bernd", wandte Gerd ein, „wir wollten einen Wettkampf zwischen uns zweien. Darum geht es doch, oder?"

„Das weiß ich doch auch. Aber ich falle jetzt erst mal definitiv aus. Mach Du den König, und ich löse Dich dann nächstes Jahr ab. Dann haben wir gleich zwei Jahre hintereinander den Hof in der Hand. Ist doch auch mal was."

„Ich finde auch, dass Du im Zweifel alleine schießen musst, Gerd", stimmte der Oberst zu.

„Ich fühle mich überhaupt nicht wohl dabei. Ist ja immerhin auch mein Patenkind", gab Gerd zu bedenken.

„Das wissen wir doch, Gerd." Anita legte ihm die Hand auf die Schulter. „Schieß ruhig. Ich bin Dir nicht böse drum."

Anitas Worte hatten ihre Wirkung nicht verfehlt. Alle blickten jetzt erwartungsvoll auf Gerd und warteten auf seine Erlösung bringende Zustimmung.

„O. K., ich mach's."

Der Oberst pustete einmal kurz die Backen auf. Dann erhob er sich von seinem Stuhl.

„Sehr gut. Auf geht's! Packen wir's an!"

Alle waren jetzt aufgestanden und Bernd umarmte seinen Busenfreund.

„Danke, dass Du mich erlöst. Ich kann jetzt wirklich nicht."

„Schon klar. Aber Du kannst Dich ruhig umziehen und wenigstens zugucken."

Bernd schüttelte verneinend den Kopf.

„Ich glaube nicht, dass ich jetzt viele Leute um mich rum haben kann. Und dann quatschen mich doch sowieso alle nur auf den Kleinen an und wieso er weg ist und was weiß ich noch alles. – Macht mal. Ihr kriegt das auch ohne mich hin."

10

Nachdem er zu ‚Preußens Gloria' den Schützentross vom Zelt zur Vogelstange geleitet hatte, nahm der Spielmannszug auf den bereitgestellten Stühlen Platz, um nun auch den zweiten Teil des Vogelschießens musikalisch zu begleiten. Denn traditionell wird in Strunkeln nicht nur der Abschuss der Insignien oder des Restvogels, sondern am zweiten Tag jeder gute Schuss, der ein größeres Stück aus dem Vogel herausbricht, mit einem Tusch gefeiert. Bei Zepter, Krone und Apfel gibt es das auch bei anderen Schützenfesten. Aber in Strunkeln ist man da großzügiger. Wenn die Spielleute richtig gut in Stimmung sind, bekommen auch schon mal kleinere Holzsplitter einen eigenen Tusch.

Die meisten Schützen und die anderen Zuschauer des Schießens hatten sich im Halbkreis hinter der Absperrung um die Lafette aufgestellt, auf der das Kleinkalibergewehr, mit dem die Schützen dem Vogel zu Leibe rücken, befestigt war. Die Zeiten, in denen ein Schütze auch freihändig auf den Vogel schießen konnte, waren schon lange vorbei. Die Befestigung auf einer Lafette ist seit Jahren Pflicht. Und die Lafette muss man so einstellen können, dass es dem Schützen unmöglich ist, am Kugelfang vorbeizuschießen. Diese Konstruktion ist zwar etwas monströs, aber sicher.

Etwas abseits der Lafette stand der Tisch des Schießmeisters. Schießmeister in Strunkeln ist Anton Doppmeier, eingefleischter Jäger und damit prädestiniert für den Job des Schießmeisters. Auf dem Tisch standen die Munitionspäckchen. Außerdem lag dort die Schießliste, auf der sich die Schützen eintragen lassen können, die auf den Vogel schießen wollen.

Das Schießprotokoll führte der Bürgermeister. Es war sein einziger offizieller Posten in Strunkeln. Sonst war er nur fürs Reden zuständig. Aber diesen Job erfüllte er seit Jahren gerne und gewissenhaft. Es war ihm auch egal, dass heute nur ein Kandidat antrat. Ordnung musste halt sein, und wenn es auch nur die Auflistung eines einzigen Namens war.

Neben der Liste und der Munition stand noch ein Fernglas auf dem Tisch, mit dessen Hilfe der Schießmeister besser kontrollieren konnte, ob auch wirklich der letzte Rest des Holzvogels abgeschossen war. Vorher diente der Blick durch das Glas aber auch dazu, den Schützen Tipps zu geben, wo der nächste Schuss die beste Wirkung haben dürfte.

Gerd Menzel zog seine grüne Joppe aus und hängte sie über die Lehne des Schießmeisterstuhls. Denn er war jetzt der erbarmungslosen Mittagssonne ausgeliefert. Die Vogelstange stand zwar am Waldrand, aber die Lafette mit der Waffe in der prallen Sonne. Außerdem konnte ein bisschen Armfreiheit beim Schießen auch nicht schaden. Anton Doppmeier lud die erste Patrone in die Verschlusskammer. Der Ein-Mann-Wettstreit konnte beginnen. Gerd Menzel trat an das Gewehr und wurde dort vom Spielmannszug schon mal mit einem Tusch begrüßt.

Der Vogel sah trotz der 86 Schuss vom Vortag noch erstaunlich gut aus, auch wenn der linke Flügel bereits dem Dauerbeschuss auf das Zepter zum Opfer gefallen war. Aber so, wie sich der Vogel präsentierte, konnte es noch gut und gerne 100 weitere Kugeln brauchen, ihn von der Stange oder besser von der Schraube zu holen.

So begann jetzt das Wechselspiel von Schießen und von Nachladen durch den Schießmeister, immer sauber protokolliert durch den Bürgermeister.

Nach Gerds viertem Schuss, also dem insgesamt 90. segnete auch der rechte Flügel das Zeitliche, freudig betuscht vom Spielmannszug. Zwanzig weitere Schuss später brach dann das erste größere Stück vom Rumpf ab, allerdings recht weit entfernt von der Befestigungsschraube, auf der der Vogel fixiert war. Mit Unterstützung der Blasmusik nahm der Schießmeister das Fernglas, um zu gucken, ob er Gerd Menzel einen Tipp geben könnte.

„Komisch."

„Was ist komisch?", wollte der Bürgermeister wissen.

„Da ist ein roter Fleck im Holz."

„Vielleicht lebt der Vogel noch", scherzte der Bürgermeister.

„Nein, der Fleck ist nicht am Vogel. Der ist im Kugelfang."

„Wieso soll da ein Fleck sein?", fragte der Bürgermeister verstört nach.

„Das weiß ich auch nicht. Sehr merkwürdig."

Der Schießmeister stellte das Fernglas weg, nahm eine Patrone und lud das Gewehr nach.

„Und, hast Du einen Tipp?", wollte Gerd wissen.

„Nicht wirklich. Halt einfach voll drauf."

Zwölf weitere Kugeln brauchte es, bis das nächste größere Holzstück abbrach. Wieder gab es natürlich einen Tusch, und wieder ging der Griff des Schießmeisters zum Fernglas. Es dauerte einige Sekunden, viel länger, als er für gewöhnlich durch das Glas schaute. Er war seit Jahren Schießmeister und brauchte normalerweise nur einen kurzen Blick, um einen Tipp abgeben zu können.

„Da stimmt was nicht."

Er gab das Glas dem Bürgermeister.

„Guck Dir das mal an, Bernhard. Der Fleck wird größer."

Der Bürgermeister nahm das Fernglas vor die Augen und schaute hoch zum Vogel und starrte anschließend stumm den Schießmeister an. Er war sprachlos, was gerade bei ihm etwas heißen will.

„Was ist?", fragte Gerd Menzel irritiert. Und auch unter den Zuschauern machte sich hörbar Gemurmel breit.

„Was ist los?", fragte Gerd noch mal.

„Da stimmt was nicht."

Der Schießmeister winkte den Oberst herbei.

„Rudi, komm mal rüber. Guck mal durch das Glas."

Der Bürgermeister gab es dem herbeigeeilten Oberst. Der fixierte den Vogel.

„Siehst Du den roten Fleck im Kugelfang?" wollte der Schießmeister wissen.

„Ja, was ist damit?"

„Der wird immer größer."

„Was?" Gerd riss dem Oberst das Fernglas aus der Hand, um selbst nachzuschauen. „Was ist das?"

„Das würde ich auch gerne wissen", sagte der Schießmeister in einem leisen, aber beunruhigenden Ton.

„Wollen wir nicht erst mal den Vogel von der Stange holen, Anton?", schlug der Oberst jetzt vor, den die Unterbrechung des Schießens offenbar nervte.

„Bevor ich nicht weiß, was es mit dem Fleck auf sich hat, wird hier nicht mehr weiter geschossen."

Das war eine klare Ansage, denn Anton Doppmeier war sich seiner Pflichten bewusst.

„Und was willst Du machen?"

„Den Kugelfang runter lassen. Ich will mir das aus der Nähe ansehen."

Der Oberst wandte sich jetzt den sichtlich irritierten Zuschauern zu.

„Schießpause", rief er ihnen zu. „Wir haben ein Problem, das wir hier kurz klären müssen. Trinkt euch erst mal einen. Wenn's weitergeht, sagen wir Bescheid."

Dann wandte er sich wieder dem Schießmeister zu. „Dann wollen wir mal. Wo ist die Kurbel?"

„Welche Kurbel?", fragte der Bürgermeister verwirrt.

„Na, die Kurbel für den Seilzug."

„Die steckt auf der Winde."

„Erzähl keinen Quatsch. Die muss doch abgezogen werden, damit keiner an die Winde geht."

„Ja, aber doch nicht während des Schützenfests."

„Wieso nicht?" Der Oberst schien jetzt doch etwas verwundert. „Dann kann da doch jeder dran und den Vogel abschrauben."

„Das haben wir noch nie gemacht, die letzten 50 Jahre nicht. Und wer sollte denn den Vogel abschrauben wollen?"

Der Bürgermeister klang bei seiner Erklärung so überzeugt, dass der Oberst keine Lust hatte, diesem Problem weiter auf den Grund zu gehen. Er sah fragend den Schießmeister an, der aber auch nur unverständig mit den Achseln zucken konnte, aber mit einer klaren Ansage für den Fortgang sorgte.

„So, wenn die Kurbel nicht abgezogen ist, dann sollten wir jetzt einfach mal rüber gehen zur Vogelstange und den Kugelfang runterholen. Ich will jetzt wissen, was da los ist."

Er ging los und der Oberst und der Bürgermeister folgten ihm.

Gerd Menzel setzte sich derweil auf den Schießmeisterstuhl und sah ihnen verwirrt uns zugleich angespannt hinterher. Er hatte den roten Fleck ja gesehen und wusste sich genauso wenig einen Reim darauf zu machen wie die anderen.

Unter den umherstehenden Schützen begannen jetzt wilde Spekulationen. Aber keiner hatte eine wirkliche Idee, zumal viele das Problem mit dem Fleck noch gar nicht realisiert hatten.

Oberst, Schießmeister und Bürgermeister hatten inzwischen über den kleinen Holzsteg die Strunkel überquert und der Bürgermeister ließ mittels Drehen der Kurbel den Kugelfang herunter, während der Schießmeister die Zahnradsperre der Winde entsichert hielt. Langsam senkte sich der Kugelfang zu Boden.

„Das müsste reichen."

Der Schießmeister ließ die Zahradsperre einrasten und der Kugelfang stoppte in circa anderthalb Meter Höhe abrupt ab. Ein Blick reichte und Anton Doppmeier war entsetzt.

„Scheiße!", schrie er, und zwar so laut, dass alle Gespräche rundum schlagartig verstummten.

„Was ist das?"

Der Oberst blickte abwechselnd die beiden anderen an, dann wieder auf den Kugelfang.

„Ein Kind", flüsterte der Bürgermeister entsetzt, „ein Kind."

„Das ist der kleine Hoffschulte", war sich der Oberst sicher und starrte jetzt nur noch zu Gerd Menzel hinüber. „Mein Gott, nein ...", entfuhr es ihm fast unhörbar.

Auf dem Kugelfang lag tatsächlich der kleine Hoffschultenjunge, an dem Gestänge, an dem der Kugelfang aufgehängt ist, festgezurrt und zusätzlich verschnürt wie Paket, Arme und Beine fest aneinandergebunden. Er lag in einer Lache aus Blut, das kurz davor war, auch hinten vom Kugelfang herunterzutropfen.

„Ein Messer!", rief Anton Doppmeier. „Wir brauchen ein Messer!"

Gerd Menzel sprang auf. Er hatte zwar kein Messer, aber er wollte wissen, was los war, lief zur Vogelstange, über den Steg, zu den anderen. Als er den Jungen entdeckte, erstarrte er für drei, vier, fünf Sekunden, denn er erkannte ihn sofort.

„Neeiiin!"

Sein Schrei war ohrenbetäubend. Er stieß den Schießmeister beiseite und griff nach dem kleinen Gerd, konnte ich aber nicht erreichen, denn er war gut verschnürt an der Kugelfanghalterung festgebunden.

„Ein Messer!", rief Doppmeier erneut. „Schnell! Und lasst den Kugelfang noch weiter runter."

Der Bürgermeister ging wieder an die Kurbel, während der Oberst die Zahnradsperre löste. Sie ließen den Kugelfang jetzt ganz herunter. Gerd Menzel versuchte verzweifelt, Gerdchen vom Kugelfang zu ziehen, was natürlich sinnlos war. Endlich kam einer der Jungschützen zur Vogelstange herübergelaufen. Er hatte ein Schweizer Messer dabei und gab es Anton Doppmeier. Dabei fiel sein Blick auch auf den Jungen. Geschockt wandte er sich ab. Der Anblick drehte seinen Magen auf links. Dieses Bild würde er nie mehr vergessen.

„Jetzt lass mal den Jungen los, Gerd! Wir müssen ihn losschneiden", gab der Schießmeister nun klare Anweisungen. „Bernhard, kümmer Dich um Gerd!", ging sein Auftrag an den Bürgermeister.

Der packte den völlig entrückt Scheinenden und an Brust und Bauch Blutverschmierten an den Schultern und brachte ihn zurück an den Schießmeistertisch. Anton Doppmeier durchtrennte unterdessen die Seile, mit denen der Kleine am Kugelfang festgebunden war. Jetzt konnte er ihn endlich vom

Kugelfang ziehen, legte ihn vorsichtig auf die Erde und zerschnitt auch das Paketklebeband, mit dem die Arme und Beine des Jungen gefesselt waren. Dann fühlte er an der Halsschlagader des Kleinen den Puls.

„Tot", entfuhr es ihm leise, nachdem er eine Weile vergeblich versucht hatte, auch nur ein ganz klein wenig Puls zu spüren. „Der Kleine ist tot."

„Was ist los?", fragte der Sheriff, der herbeigeilt war.

Er hatte an der Theke sein Kronprinzentum gefeiert, als sich im Zelt die Nachricht verbreitete, dass beim Vogelschießen irgendwas Schlimmes passiert sei. Der Schießmeister blickte auf und sah ihn an.

„Er ist tot, Dieter."

„Wer ist tot?", wollte der Sheriff wissen.

„Der kleine Hoffschultenjunge."

„Scheiße!"

Der Sheriff zog reflexiv sein Handy aus der Tasche. Der Rausch, in dem er gerade noch gewesen war, war schlagartig verrauscht. Kurz tippte er die 110 und wartete auf Verbindung.

„Polizeinotruf. Mein Name ist Schneider. Womit kann ich ihnen helfen?"

„Hallo Kurt, hier ist Dieter Schmidt."

„Dieter. Ich dachte, Du hast Schützenfest. Rufst Du an, weil Du Schützenkönig geworden bist?"

„Mach keine Scherze, Kurt. Verbinde mich lieber mit dem KK1."

„Was ist denn los?"

„Wir haben einen Toten."

11

Das Essen in der Finanzamtskantine war richtig lecker gewesen. Entsprechend statt und zufrieden saß Pölting in seinem Schreibtischstuhl, als das Telefon klingelte. Er nahm den Hörer ab und meldete sich.

„Hauptkommissar Pölting."

Am anderen Ende der Leitung war der Sheriff.

„Hier ist Polizeiobermeister Schmidt. Sind Sie mit dem Verschwinden des kleinen Hoffschultenjungen befasst?"

„Ja, wieso?"

„Wir haben ihn gefunden."

„Das ist ja schön."

„Nein, das ist überhaupt nicht schön."

„Wieso nicht?", fragte Pölting überrascht.

„Er ist tot."

Pölting erschrak.

„Tot?"

Blitzartig war ihm klar, dass er mit seinem Scheißgefühl am Vormittag richtig gelegen hatte.

„Ja, erschossen", informierte ihn der Sheriff überraschend ruhig.

„Wo denn?"

„Beim Vogelschießen."

„Beim Vogelschießen? Wie das denn?"

„Kommen Sie einfach. Das jetzt am Telefon zu erklären, hilft sowieso nicht."

„Weiß schon jemand Bescheid hier im Haus?", wollte Pölting jetzt wissen.

„Nein, ich habe direkt Sie drangekriegt. Ich bin ja auch eigentlich gar nicht im Dienst."

„O. K., ich kümmere mich. Und versuchen Sie bitte trotzdem, die Leute vom Tatort fernzuhalten, auch wenn Sie nicht im Dienst sind."

„Ich versuche mein Bestes. Bis gleich."

„Ja, bis gleich." Pölting legte kurz auf, stützte sein Gesicht in die Hände und überlegte einen Moment, was jetzt alles zu tun war.

Dann nahm er erneut den Hörer ab, um zunächst eine Streife zum Tatort zu beordern. In dem Augenblich betrat Kommissar Feldmann das Büro.

„Gut, dass Du da bist, Klaus. Wir haben zu tun. Der Junge von heute Morgen ist aufgetaucht."

„Ja? Schön", freute sich Feldmann.

„Nein, tot."

Feldmann stockte der Atem.

„Kümmer Du Dich mal darum, dass die Spusi sofort rausfährt", fuhr Pölting fort, „das ganze Besteck. Und schick als Erstes eine Streife los, die den Tatort absichert. Ich rufe die Mord in Bielefeld an."

„O. K.", antwortete Feldmann eher reflexiv, „ich gehe eben rüber und sag den Jungs Bescheid."

Während Feldmann die Spurensuche unterrichtete, wählte Pölting die Nummer seiner alten Chefin. Es klingelte einige Mal, bis er endlich ihre vertraute Stimme vernahm: „Mordkommission Bielefeld, Hauptkommissarin Stuckmann-Gomes."

„Das ist gut, dass Du selbst dran bist, Tanja. Hier ist Franjo Pölting."

„Hast Du schon Entzug in Paderborn und Sehnsucht nach Leichen oder warum rufst Du an?", scherzte Stuckmann-Gomez.

„Weil ich eine Leiche habe."

„Was hast Du?"

Mit der Ansage hatte sie nicht gerechnet.

„Eine Leiche. Ein kleiner Junge. Keine zwei Jahre alt."

Am anderen Ende der Leitung herrschte für ein paar Sekunden Ruhe.

Dann entfuhr Stuckmann-Gomez ein halblautes „Scheiße!"

„Ja, richtige Scheiße. Die Mutter hat ihn heute Morgen vermisst gemeldet und gerade haben sie wohl die Leiche gefunden. Erschossen."

„Wo denn?"

„In Strunkeln."

„Wo ist das denn?"

„Das ist ein kleines Kaff auf der Paderborner Hochfläche. Die feiern da gerade Schützenfest."

„Und da hat einer danebengeschossen?"

„Hätte er danebengeschossen, hätten wir keine Leiche."

„Sauber kombiniert, Franjo. Du solltest den Fall übernehmen."

„Du kannst Dir Deine Scherze schenken. Die Mordkommission sitzt doch wohl in Bielefeld?"

„Ja, aber wir haben hier gerade genug zu tun mit unsern eigenen Leichen. Und mit Schützen kennst Du Dich doch sowieso besser aus als wir hier, oder?"

„Schaun wir mal. Ich muss da jetzt auf jeden Fall erst mal hin. Ich möchte nicht wissen, wie es der Mutter gerade geht. Die war heute Morgen schon völlig durch den Wind."

„Hast Du schon mit Ihr gesprochen?"

„Ja, wir waren heut Vormittag da. Aber wir konnten nicht wirklich was machen. Ich hab ihr gesagt, dass ich mich am Nachmittag noch mal melde und wir dann spätestens morgen alles absuchen."

„Hoffentlich hast Du da keinen Mist gebaut."

„Nein, das denk ich nicht. Ich hab ihnen gesagt, sie sollen noch mal überall nachgucken, auch da, wo man kein Versteck vermutet."

„Und dann haben sie den Jungen gefunden."

„Ja, aber ich weiß noch nicht, wo und wie. Ich bin völlig ahnungslos. Der Kollege, der mich angerufen hat, war wohl zufällig da und auch gar nicht im Dienst."

„Ja, aber der wird Dir doch gesagt haben, was passiert ist", wollte Stuckmann-Gomez jetzt wissen.

„Nein, er hat gesagt, ich solle einfach kommen. Das am Telefon zu erklären, helfe sowieso nichts. Ich werde es also gleich vor Ort erfahren."

„Gut. Dann fahr da jetzt erst mal hin. Ich komme morgen früh nach Paderborn. Und dann sehen wir weiter."

„O. K., dann bis morgen."

„Bis morgen. Und Kopf hoch."

12

Die Fahrt nach Strunkeln nutzte Pölting, um die Staatsanwaltschaft telefonisch über die Tat zu informieren. Zuständig war Oberstaatsanwalt Baumgarten. Er war, obwohl es sich um Kindsmord handelte, sehr unaufgeregt, was Pölting recht zuversichtlich stimmte. Einen Staatsanwalt im Nacken zu wissen, der wegen der öffentlichen Nachrichtengier am Rad dreht und Druck macht, wäre das Letzte, was er jetzt brauchen konnte.

Als Pölting und Feldmann auf der Festwiese eintrafen, hatten die Streifenbeamten die Vogelstange schon weiträumig mit Trassenband abgesperrt. Einige Neugierige standen an der Absperrung und beobachteten die Spurensicherung bei der Arbeit. Ein Jugendlicher filmte offensichtlich die Szenerie mit seinem Smartphone. Pölting trat von hinten an ihn heran, riss ihn an der Schulter herum.

„Pack das Ding weg!"

„Warum?", fragte der Junge verwundert, woraufhin Pölting ihn anblaffte:

„Wenn das nicht sofort verschwunden ist, landet es an der Hauswand. Mit Schwung."

Verängstigt steckte der Junge das Smartphone in die Tasche.

„Du kannst doch das Handy von dem Kerl nicht einfach kaputt machen, nur weil er damit filmt, Franjo", versuchte Feldmann Pölting auf dem Weg zur Vogelstange zu belehren.

„Es wäre nicht das erste."

„Damit kannst Du Dir richtig Ärger einhandeln."

„Hör mal." Pöltings Blick auf Feldmann verriet, dass bei ihm gerade Schluss mit Lustig war. „Wir haben hier 'ne Kinderleiche. Die möchte ich nicht morgen bei Facebook bewundern. Und dann scheiß ich halt mal kurz auf den Freund-und-Helfer-Ton."

„O. K."

Feldmann war beeindruckt, wie gut Pölting in der Lage war, auch die Sau rauszulassen. Bisher war er die Freundlichkeit in Person gewesen.

„Guten Tag, Leute", begrüßte Pölting die mit weißen Overalls verkleideten Kollegen, als die beiden bei der Vogelstange ankamen. „Ich bin Hauptkommissar Pölting. Die meisten werden mich noch nicht kennen. Ich bin erst seit einer Woche in Paderborn und ich werde voraussichtlich die Ermittlungen hier übernehmen."

Pölting warf einen Blick auf den toten Jungen, der ausgestreckt, aber inzwischen mit einem weißen Tuch abgedeckt, neben dem Kugelfang lag.

„Wissen wir schon, wie es passiert ist?", fragte er in die Runde.

„Er ist sechs Mal getroffen worden, wenn ich richtig gezählt habe. Alle von der rechten Seite, fünf in den Körper und eine Kugel hat den Hals getroffen."

„Sechs Kugeln?", fragte Pölting sichtlich irritiert.

„Entschuldigung, ich habe mich noch nicht vorgestellt. Ich bin der Notarzt, Dr. Wiechard. Der Junge war wohl auf dem Kugelfang gefesselt und ist so von den Schützen anscheinend beim Vogelschießen erschossen worden. Mehr kann ich Ihnen nicht sagen. Ich darf hier auch gar nichts weiter machen, außer den Tod festzustellen. Ich bin kein Pathologe."

„Er ist nicht von den Schützen erschossen worden, sondern von einem", warf der Sheriff ein, der nur etwas abseits stand und die Worte des Notarztes natürlich mitgehört hatte.

Pölting ging zu ihm rüber.

„Wieso von einem? Und wer sind Sie?"

„Polizeiobermeister Dieter Schmidt, wir haben gerade telefoniert."

Der Sheriff gab ihm die Hand.

„Wieso von einem?", fragte Pölting noch einmal nach.

„Es hat nur einer geschossen. Gerd Menzel. Er war der einzige Kandidat. Jetzt sitzt er drüben bei Hoffschultes."

„Das ist doch der Patenonkel", stellte Pölting irritiert fest. „Ich hab ihn heute Morgen kennengelernt."

„Genau der", bestätigte der Sheriff kopfnickend.

„Dann weiß die Mutter ja wohl auch schon Bescheid. Wie geht es ihr?"

„Ich habe ihr eine Beruhigungsspritze gegeben", erklärte der Notarzt von der Seite. „Ich hoffe, sie schläft jetzt. – Wir müssen dann auch."

Er reichte Pölting die Hand, um sich zu verabschieden.

„Und viel Glück bei der Suche nach dem Mörder. Ich hoffe, Sie finden das Schwein bald."

„Ja, danke."

Pölting wandte sich wieder an den Sheriff:

„Und der Vater?"

„Der schläft sicher nicht. Der muss sich ja auch noch um die Tiere kümmern."

„Und um seine Frau."

„Ja, um die auch."

Der Sheriff senkte seinen Blick. Man sah ihm an, dass ihm das Ganze sehr nahging.

„Wer hat den Jungen denn entdeckt?“

„Der Schießmeister.“

„Wo find ich den?“

„Die warten alle im Zelt.“

„Wieso alle?“

„Na, der Schießmeister, der Oberst und der Bürgermeister. Die drei haben den Kugelfang runtergelassen.“

Pölting wollte es jetzt genau wissen.

„Warum haben die drei den Kugelfang runtergelassen?“

„Weil im Kugelfang plötzlich ein roter Fleck war, der größer wurde.“

„Ein roter Fleck im Kugelfang?“

„Ja, Blut.“

„Klaus, schau Dir mal den Kugelfang genauer an. An dem muss irgendwas faul sein. – Kommen Sie, Schmidt! Wir gehen zu den andern ins Zelt.“

Über den Steg ging es zurück auf die Schützenwiese und zum Festzelt.

„Wissen Sie eigentlich, dass Sie ziemlich fertig aussehen, Schmidt?“

Pölting konnte sich diese Bemerkung nicht verkneifen.

„Hörn Sie mal, Herr Kommissar, ich habe Schützenfest, schon drei Tage. Und dann noch eine Leiche. Das kriegen Sie auch mit Alkohol nicht mehr in den Griff.“

Pölting gefiel die Schlagfertigkeit des Sheriffs.

„Hauptsache, Sie sind morgen früh wieder frisch.“

„Morgen früh liege ich im Bett. Morgen habe ich Urlaub“, stellte der Sheriff klar.

„Das ist keine gute Idee, Schmidt.“

„Wieso?“

„Weil ich glaube, dass ich Sie brauche.“

Der Sheriff hatte jetzt das dringende Gefühl, Pölting aufklären zu müssen.

„Ich bin bei der Verkehrspolizei, Herr Kommissar."

„Ich schätze, ab morgen sind Sie erst mal bei der Mordkommission", gab ihm Pölting mit einem leicht süffisanten Lächeln zurück.

„Warum?"

Der Sheriff fühlte sich gerade mal kurz im falschen Film.

„Weil Sie das Dorf kennen. Das macht hoffentlich einiges leichter."

Die beiden betraten das Zelt, in dem nicht mehr wirklich vielen zum Feiern zu Mute war. Natürlich gab es ein paar Schützen, die noch dabei waren, den Schrecken herunterzuspülen oder ihn zum Anlass nahmen, weiter zu spülen. Aber es waren wirklich nur noch ein paar. Als die Polizisten am Tisch ankamen, stellte der Scheriff die drei Schießverantwortlichen vor. „Das sind der Oberst, der Schießmeister und der Bürgermeister. Und das ist -."

„Hauptkommissar Pölting", kürzte Pölting das Begrüßungszeremoniell ab, „Guten Tag, die Herren."

„Guten Tag", kam die dreiklingende Antwort.

Pölting setze sich zu den Dreien an den Tisch und der Scheriff nahm sich ebenfalls einen Stuhl.

„Sie drei haben den Jungen entdeckt?", wollte Pölting wissen.

„Na ja, erst mal habe ich nur einen Fleck entdeckt", sagte der Schießmeister

„Sie sind?"

„Anton Doppmeier. Ich bin der Schießmeister."

„Und?"

„Na, ich hab mit dem Glas kontrolliert, als ein größeres Stück vom Vogel runtergefallen ist."

„Mit welchem Glas?"

„Mit dem Fernglas. Und da war dann ein roter Fleck im Holz."

„Und das war ungewöhnlich?"

„Ja, der Kugelfang wird doch jedes Mal vor dem Schützenfest frisch weiß getüncht."

„Und wann war das?"

„Als der Kugelfang getüncht wurde?"

„Nein, als Sie den Fleck entdeckt haben."

„Nach dem 110. Schuss."

Der Bürgermeister hatte seine Liste vor sich auf dem Tisch liegen und konnte jetzt beweisen, dass er ein guter Protokollant war.

„Nach dem 110. Schuss?"

Pölting war sichtlich überrascht von der Zahl.

„Nicht ganz", warf der Oberst ein. „86 Schuss waren schon vom Vortag vom Prinzenschießen. Wir schießen die Prinzen schon am Sonntag aus. Und am Montag geht es dann nur noch um den Königsschuss."

„Danke für die Aufklärung. Dann war es also heute der 24. Schuss?"

„Ja, und beim –. "

Der Schießmeister schaute nachfragend zum Bürgermeister.

„Beim 122. Schuss", kam prompt die Ansage.

„Ja, also zwölf Schuss weiter platzte noch mal ein Stück Holz ab. Und dann habe ich wieder das Glas genommen. Und da war der Fleck bestimmt viermal so groß."

„Und dann?"

Man konnte Pölting jetzt eine gewisse Unruhe anmerken. Er wollte wissen, wie es passiert ist. Aber diese Details waren selbstverständlich auch wichtig.

„Dann hab ich das Schießen abgebrochen", erklärte der Schießmeister den Ablauf weiter. „Ich musste ja klären, woher der Fleck kam. Und dann haben wir den Kugelfang runtergelassen. Und da war dann der kleine Hoffschultenjunge. An der Aufhängehalterung festgebunden."

„Und tot?"

„Das wusste ich da noch nicht. Deshalb hab ich nach einem Messer gerufen. Und dann habe ich ihn losgeschnitten und erst mal auf die Erde gelegt. Und dann habe ich am Hals nach dem Puls gesucht. Aber da war nichts mehr. Nur Blut."

„Ja gut. Oder auch nicht gut."

Pölting schnaufte durch. So etwas brutal Hinterhältiges hatte er noch nicht erlebt.

„Ich danke Ihnen erst mal, meine Herren. Wir kommen sicher noch mal auf Sie zu."

13

Der Gang hinüber zu Hoffschultes Hof war nicht lang, aber doch beschwerlich. Ein Opfer im Babyalter war eine andere Hausnummer als ein erwachsener Toter. Und Feldmann war darin gänzlich ungeübt, was man ihm auch ansah. Selbst der Begriff nervös wäre für seinen Zustand untertrieben gewesen. Dieses tote Kind machte ihn fertig, wie auch der Gedanke, den Eltern gleich alles erklären zu müssen. Aber er wollte sich jetzt auch nicht drücken.

„Ich mach das schon", beruhigte ihn Pölting, dem aufgefallen war, wie sich Feldmann fühlte.

Die Haustür war nur angelehnt. Es schien, als würden sie erwartet. Pölting klopfte an die Tür. Aber von drinnen kam keine Reaktion. Er drückte die Tür auf und die Kommissare betraten den Hausflur. Es war still, so still, als wäre niemand zu Hause. Pölting klopfte vorsichtig an die Küchentür.

„Kommen Se rein!"

Es war Gertruds Stimme.

Pölting drückte die Türklinke herunter, schob die Tür auf und sah, wie die vier am Tisch saßen, Hoffschultens Bernd, Hermann und Gertrud sowie Gerd Menzel. Pölting und Feldmann traten ein. Aber im Gegensatz zum Vormittag fiel das landfrauliche Bewirtungsritual jetzt aus. Auch Gertrud, die sich vormittags noch die ganze Zeit schien, sich beschäftigen zu müssen, saß jetzt einfach nur noch still und apathisch am Tisch.

Pölting und Feldmann schnappten sich je einen freien Stuhl und setzen sich dazu.

„Es tut mir leid, unendlich leid", begann Pölting. „Wissen Sie, ich möchte Sie jetzt trösten und finde selber keine tröstenden Worte, weil es so unbegreiflich ist."

Er fasste Gertruds Hand und es schien ihr sichtlich gut zu tun.

„Wie konnte das überhaupt passieren?", wollte Bernd wissen. „Ich meine, oben auf dem Kugelfang fliegen doch keine Kugeln."

„Jemand hat den Kugelfang manipuliert", antwortete ihm Feldmann. Über den Kugelfang zu sprechen fiel ihm viel leichter, als er befürchtet hatte.

„Wie, manipuliert? Was soll das heißen?"

Bernd schaute Feldmann, eine Erklärung fordernd, starr an. Aber der wusste nicht, wie viel er jetzt schon über den Ablauf sagen sollte, da alles so frisch war, nicht nur für die Angehörigen.

„Wissen Sie, wie der Kugelfang aufgebaut ist?", versuchte er es mit einer Gegenfrage.

„Ja sicher, Bernd und ich warten ihn ja, also Anstreichen und Ölen und so und vor dem Schießen das Holz frisch kälken, für die Optik, damit es schön aussieht. Das ist unser Job im Verein", warf Gerd Menzel ein.

„Sie zwei sind für den Kugelfang verantwortlich?", fragte Pölting überrascht und wanderte dabei mit dem Zeigefinger zwischen Bernd und Gerd hin und her.

„Ja, seit fünf Jahren schon. Letztes Jahr haben wir ihn auch richtig aufgemöbelt, mit 'ner dicken Eichenschicht und so", erklärte Gerd. „Und wir haben ihn auch jetzt, also direkt vor dem Schützenfest noch mal frisch getüncht. Und da war alles in Ordnung."

„Wohl nicht", fuhr Feldmann jetzt fort, „der Kugelfang wurde eindeutig manipuliert."

„Manipuliert?", fragte Bernd laut und schaute Feldmann ungläubig an. „Das kann nicht sein. Das hätten wir doch gesehen."

„Nicht unbedingt. Die Rückwand ist ausgetauscht worden gegen eine Hartfaserplatte."

„Aber das wäre uns doch aufgefallen", bestätigte Gerd die Aussage seines Freundes.

„Jetzt, wo die Kugeln hindurchgegangen sind, fällt es natürlich auf. Aber ansonsten ist da kaum ein Unterschied zur einer Blechabdeckung zu erkennen."

„Aber da ist doch auch noch das dicke Holz vor. Da bleiben die Kugeln doch drin stecken. Deshalb ist das doch extra aus Eiche. Wieso gehen die da durch?" Gerd schossen die Tränen in die Augen. „Ich bin doch kein Mörder."

Jetzt war endgültig der Moment, in dem ihm klar wurde, dass er sein eigenes Patenkind erschossen hatte.

„Sind Sie auch nicht, Herr Menzel", versuchte Pölting ihn in sanftem Ton zu beruhigen. „Sie haben zwar geschossen. Aber davon sind Sie noch lange kein Mörder. Wir werden den Kugelfang genau untersuchen. Und danach wissen wir hoffentlich mehr."

„Und was wollen Sie da rauskriegen, außer dass mein Junge tot ist?"

Bernd stierte Pölting bei der Frage an, als würde dieser ihm gerade das Blaue vom Himmel versprechen.

„Nun, der Kugelfang geht so, wie er da ist, zur Kriminaltechnik. Und dann schaun wir mal, was die so alles rausfinden."

„Da bin ich gespannt."

„Vertrauen Sie uns da mal, Herr Hoffschulte. Die Jungs sind gut. – Aber jetzt entschuldigen Sie uns bitte. Wir wollen ja weiterkommen. Und grüßen Sie bitte ganz lieb Ihre Frau, und sagen Sie ihr: Wir tun alles, was in unserer Macht steht."

Die beiden Polizisten standen auf, rückten ihre Stühle wieder ordentlich an den Tisch und gingen. In der Tür drehte Pölting sich noch einmal um.

„Was ich noch vergessen habe: Unsere Leute von der Spurensicherung kommen gleich noch rüber zu Ihnen und gucken, ob sie vielleicht verwertbare Spuren am Bettchen oder an den Türen finden können. Fassen Sie also möglichst vorher nichts mehr davon an."

14

Pölting genoss es, wenn er nach Hause kam und der Hund ihn vorfreudig erwartete, weil er wusste, dass es jetzt noch mal auf Tour ging. Aber heute brauchte vor allem Pölting selber Auslauf. Heute musste er über viel Strecke versuchen, sein Hirn zu entleeren, damit er überhaupt einigermaßen würde schlafen können.

Er schloss die Haustür auf, und das Erste, was ihn erwartete, war ein Kuss von Bettina, die es genauso wie er genoss, dass er jetzt jeden Tag locker eine halbe Stunde eher zu Hause war.

„Na, Herr Hauptkommissar, wie war's?"

„Scheiße."

„Wieso? Was ist los?"

„Wir haben eine Leiche."

„Was?"

„Ein Kind. 19 Monate alt."

„Ein Unfall?"

„Nein, Mord. Ein total hinterfotziger Mord."

Bettina spürte die starke Bedrückung ihres Mannes und fragte ihn deshalb besonders liebevoll: „Und? Magst Du davon erzählen?"

„Beim Schützenfest in Strunkeln. Auf dem Kugelfang festgebunden und den Kugelfang so manipuliert, dass die Schützen das Kind beim Vogelschießen erschießen."

Bettina erschrak bei seiner Beschreibung.

„Ich glaube, das will ich doch nicht genauer wissen. Das ist mir zu – ."

„Glaub ich Dir", unterbrach sie Pölting. „Weißt Du was? Ich dreh jetzt erst mal 'ne Runde mit Keilof und geh dabei am besten Windräder gucken. Ich finde das total spannend, wie die daran bauen. Und es lenkt ab."

Keilof ist der Hund der Pöltings, ein Golden Retriever. Der Name klingt wilder, als der Hund ist. Aber Bettina fand den Namen gut.

„Keilof heißt einfach nur Hund", hatte sie gesagt, als sie den Hund vom Züchter abholten und nach einem Namen suchten. „Das ist Masematte. Ist doch lustig."

Masematte ist eine Art Geheimsprache aus Münster. Und Bettina ist halt Münsteranerin und der Hundename damit ein Ausdruck von Heimatverbundenheit.

„Kommst Du mit?", fragte Pölting.

„War's so schlimm, dass Du mich zum Händchenhalten brauchst? Dann gibt es aber kein Abendbrot, denn im Gehen kochen kann ich noch nicht, Schatz."

„Kein Problem. Dann verlängern wir halt die Runde über den Jägerkrug und essen da was."

Bettina zog sich ihre Wanderschuhe an, und auch Pölting wechselte zu bequemeren Turnschuhen. Keilof wusste jetzt Bescheid und stand in freudiger Erwartung schwanzwedelnd an der Haustür. Pölting nahm die Leine.

„Komm her, Keilof. Du weißt doch. Bis zur Ladestraße musst Du an die Kette."

Keilof setzte sich brav hin, um sich anleinen zu lassen. Dann gingen die drei los. Am Kreisverkehr gab Pölting ein kurzes „Halt!", und Keilof setze sich hin, um zu warten, bis die Autos vorbeigefahren waren und das erlösende „Los!“ ertönte. In der Ladestraße durfte der Hund dann endlich von der Leine, und freudig schwanzwedelnd machte er sich auf Schnuppertour.

Bettina hakte sich bei ihrem Franjo unter und beide genossen es, an diesem angenehmen Frühsommerspätnachmittag durch die Felder zu schlendern, auch wenn Pöltings Anspannung nicht wirklich weichen wollte. Sichtlich Vergnügen bereitete es dennoch beiden, zu beobachten, wie die Kaninchen auf dem Grünstreifen aufmerksam Keilof, der selbst die Langohren völlig zu ignorieren schien, anvisierten, um im scheinbar letzten Moment wegzuspringen und sich im Bau zu verstecken.

Am Mühlenweg bogen die beiden nach links ab über die Bahngleise. Es war quasi Pöltings Privatüberweg. Keilof setzte sich brav neben den Gleiskörper, bis Pölting ihm mit einem „Los!“ signalisierte, dass kein Zug kam und sie so die Gleise überqueren konnten. Dann ging es weiter Richtung Kippe.

„So still warst Du schon lange nicht mehr beim Spazierengehen.“

Bettina stoppte und küsste Franjo liebevoll auf die Wange. „Ich hoffe, das wird kein Dauerzustand.“

„Keine Angst. Aber so etwas habe ich auch noch nie erlebt. Eine Art Ritualmord. Der Täter lässt andere unwissentlich den Mord vollziehen. Wenn es nicht so schrecklich wäre, würde ich sagen: genial geplant.“

„Nicht. Du wolltest mir keine Einzelheiten erzählen.“

Bettina bekam so etwas wie Angst, keine wirkliche Angst, eher Schauder. So hatte sie ihren Mann noch nie erlebt. Er schien irgendwie entrückt, obwohl er doch ihre Nähe sehr zu genießen schien.

„Komm, wir nehmen die Abkürzung über den Acker“, sagte Pölting, als sie das kleine Wäldchen, Keilofs Lieblingsapportiergelände, hinter sich gelassen hatten. „Ich glaube, die machen da im Moment das Fundament."

Tatsächlich waren die Betonarbeiter gerade dabei, das Eisenskelett für den riesigen Fundamentblock zusammenzusetzen. Es war wie eine Art Riesenmakramee aus vorgebogenen Moniereisen, die die Betonwerker geschickt mit Rödeldraht aneinander flochten.

„Das sieht so feingliedrig aus da im Loch", stellte Bettina fasziniert fest. „Und wenn Du Dir dann die einzelnen Eisenstangen aus der Nähe anguckst, wie dick die sind. Unglaublich."

„Na ja, da kommt immerhin auch ein Mast drauf mit 159 Meter Nabenhöhe."

„So ein Ding bauen sie in Strunkeln übrigens jetzt auch", tat Bettina gut informiert kund.

Pölting war überrascht über diese Information. Nicht, dass in Stunkeln ein Windrad gebaut würde, sondern dass Bettina das wusste.

„Woher weißt Du das?"

„Das stand irgendwann vor 14 Tagen in der Zeitung. Da haben sich diese Windvernunftleute aufgeregt, dass jetzt auch noch im letzten unberührten Dorf auf der Hochfläche ein Windmonster aufgestellt werden soll. Ich könnte mich wegschmeißen, wenn ich lese, mit was für Argumenten die immer um die Ecke kommen."

Vor allem die Schreckgespenstmalerei über den gefährlichen Infraschall amüsierte sie als Physiklehrerin sehr.

„Diesen Querköppen sollte man ein Atomkraftwerk vor die Nase setzen", schlug Pölting vor, um seinen Vorschlag aber gleich wieder zurückzunehmen: „Aber das geht ja nicht, weil ja selbst die Alme im Sommer trocken fällt."

„Ist doch schön", lächelte Bettina, „dass diese Windvernunftspinner deine Laune aufheitern und deine Kreativität anregen."

Sie schlug die Arme um seinen Hals und gab ihm einen Kuss auf die Nase, und der kleine Hoffschultenjunge war tatsächlich für den Moment aus seinen Gedanken verschwunden.

15

Der Konferenzraum im Bullenkloster war hergerichtet. An der Stirnwand waren drei Aufsteller mit Fotos vom Tatort aufgebaut, mit deren Hilfe Pölting den Ablauf, soweit bekannt, würde erklären wollen.

Der Konferenztisch war prominent besetzt. Neben Pölting und Feldmann war auch noch der Oberstaatsanwalt, der Paderborner Polizeichef und der Chef der Direktion Kriminalität da. Zu Zeiten Rudolf Wanslebens hätte sich sicherlich auch noch der Landrat als Polizeioberboss mit dazugesetzt. Das machte sich immer gut. Außerdem saß noch der Sheriff mit am Tisch, obwohl der das dringende Gefühl hatte, dort irgendwie fehl am Platz zu sein. Durch die Flurtür betrat Tanja Stuckmann-Gomes den Raum.

Sie war eine beeindruckende Erscheinung, 1,80 groß, Anfang 40, lange, braune Locken, elegant gekleidet und mit einem Lächeln, das vor allem Selbstbewusstsein ausstrahlte.

„Guten Morgen, Tanja, schön, Dich zu sehen", begrüßte Pölting sie fröhlich.

„Danke, Franjo, aber Du musst nicht schleimen."

„Das war kein Schleimen, nur der Versuch des netten Einstiegs in ein ekeliges Thema."

Pölting wandte sich den anderen zu. „Ich darf kurz vorstellen: Das ist die Leiterin der Bielefelder Mordkommission, erste Polizeihauptkommissarin Tanja Stuckmann-Gomes, und das sind der Oberstaatsanwalt –."

Pölting stockte. Er hatte seinen Namen noch nicht abgespeichert, aber der Staatsanwalt sprang ihm bei.

„Andreas Baumgarten."

„Danke, Herr Oberstaatsanwalt", fuhr Pölting fort. „Dann unser Polizeichef, Leitender Polizeidirektor Hermann Düchting, der Chef der Kripo, Kriminaldirektor Frank Haberkamp, mein Mitstreiter, Kommissar Klaus Feldmann und Polizeiobermeister Dieter Schmidt."

Bei der Vorstellung des Sheriffs konnte man einige verblüffte Gesichter registrieren, denn außer Feldmann und Pölting wusste niemand, wieso er dabeisaß, nicht einmal er selber ja wirklich.

„Guten Morgen, meine Herren", ergriff Stuckmann-Gomes das Wort, während sie nach vorne an die Schautafeln trat, um wie selbstverständlich die Leitung des Treffens zu übernehmen. „Hauptkommissar Pölting hat mich weitestgehend über den gestrigen Mord an dem kleinen Kind informiert, und ich schicke voraus, ohne mich entschuldigen zu wollen, dass wir bei der Mordkommission in Bielefeld zur Zeit – ich sage es mal etwas flapsig – ziemlich ausgelastet sind und es mir schwerfällt, Personal aus Bielefeld nach Paderborn abzuordnen. Aber Franz-Josef Pölting war bis Ende letzten Monats Mitglied der Bielefelder Mordkommission und ist jetzt nach hier gewechselt, weil dort die Karriereleiter voll war, wie ich es mal salopp formulieren will. Und Pölting ist gut. Sehr gut sogar."

„Wir wollten doch nicht schleimen", warf Pölting ein.

Stuckmann-Gomes drückte den Einwurf einfach als nicht gehört zur Seite.

„Deshalb schlage ich vor, dass Hauptkommissar Pölting diese Mordkommission leitet und sich hier in Paderborn ein Team zusammenstellt. Wenn es personelle Engpässe geben sollte, helfen wir aus Bielefeld natürlich gerne aus. Dafür sind wir ja da. Hat jemand Einwände gegen meinen Vorschlag?"

„Ich glaube nicht", übernahm Kripo-Chef Haberkamp, „oder?"

Er schaute fragend den Oberstaatsanwalt und den Polizeichef an, die zustimmend nickten. So war Pölting jetzt also Chef der neuen Sonderkommission.

„Ich schlage vor", fuhr Haberkamp fort, wir nennen sie ‚Mordkommission Schützenkind'. Das klingt nicht ganz so brutal, wie es wirklich ist."

„Kann man machen", gab der Polizeichef sein okay, und auch vom Rest kam eher gemurmelte Zustimmung.

„Ja, dann mal los, Herr Hauptkommissar. Bringen Sie uns mal auf den Stand der Dinge!", forderte Oberstaatsanwalt Baumgarten Pölting auf, den Sachstand auszubreiten. Der stand auf und während sich Stuckmann-Gomes zu den anderen an den Tisch setzte, trat er vor und legte los.

„Also. Gestern Morgen, gegen neun, kam ein Notruf bei uns rein. Eine Mutter vermisste ihren 19 Monate alten Sohn. Sie war von der Nachtwache im Vincenz-Krankenhaus nach Hause gekommen und ihr Kind war verschwunden. Die Eltern hatten alles abgesucht und nichts gefunden. Die Frau war sehr panisch. Deshalb sind Feldmann und ich nach Strunkeln gefahren, wo sie wohnt, um vor Ort mit der Mutter zu sprechen. Weil wir nicht akut helfen konnten, habe ich den Eltern gesagt, sie sollen alles noch mal gründlichst durchsuchen und ich würde mich dann am Nachmittag noch mal melden." Pölting sah Feldmann an. „Wenn ich was vergesse, unterbrich mich, Klaus. – Man muss wissen: In Strunkeln war Schützenfest. Bei dem Trubel mit zig Mann aufzulaufen, um das Dorf abzusuchen, wäre, glaube ich, nicht sehr schlau gewesen.

Um 14 Uhr begann das Vogelschießen, genauer das Königsschießen. Die Prinzen wurden schon am Sonntag ausgeschossen. Um ungefähr halb drei rief mich Polizeiobermeister Schmidt an, dass man einen Toten entdeckt hatte, den kleinen Jungen. – Nur kurz:", Pölting zeigte auf den Sheriff. „Obermeister Schmidt ist zwar Verkehrspolizist, aber er wohnt im Dorf, kennt sich also bestens dort aus. Deshalb hätte ich ihn gerne auch in dieser Mordkommission. Ich hoffe mal, das ist kein Problem, oder?"

Die beiden Vorgesetzten nickten zustimmend. Der Sheriff bekam ein etwas mulmiges Gefühl. Aber er war auch irgendwie ein wenig stolz.

„Gut. – Wir sind dann also nach Strunkeln gefahren", fuhr Pölting fort, „und haben Folgendes vorgefunden."

Pölting trat an die Stellwände, um den Tatort mit Hilfe der DIN A4 großen Fotoausdrucke zu beschreiben. „Am Boden lag der Junge. Die Schützen hatten ihn vom Kugelfang losgemacht, in der Hoffnung, dass er noch lebte. Der oder die Täter hatten ihn – wann, wissen wir noch nicht – auf dem zuvor ganz sicher manipulierten Kugelfang festgebunden, um ihn von den auf den Vogel schießenden Schützen erschießen zu lassen. Das Ergebnis waren nach Auskunft des vor Ort anwesenden Notarztes sechs Einschüsse, alle von rechts, weil er entsprechend auf der rechten Seite liegend festgebunden war, fünf in den Körper, einer in den Hals. Welcher und wie viele der Schüsse tödlich waren, wird die Autopsie noch erweisen. Angaben der Gerischtsmedizin diesbezüglich stehen noch aus.

Dass der Kugelfang manipuliert wurde, ist klar, weil die Metallplatte zwischen den Halterungsprofilen, die hier auf den Detailaufnahmen gut zu erkennen sind, durch eine Hartfaserplatte ersetzt wurde, die auch in der einheitlich grünen Farbe des Kugelfangs gestrichen und dadurch nicht als Holzplatte erkennbar war. Das hätte aber nicht gereicht. Denn die Holzbeplankung im Innern des Kugelfangs ist laut Aussage des Vaters des Opfers, der makabererweise auch noch selbst zusammen mit dem Schützen, der die tödlichen Schüsse abgegeben hat, für die Wartung des Kugelfangs zuständig ist, zweischichtig, eine Schicht Fichtendielen, die relativ weich sind und dahinter eine Schicht harte Eichenplanken, in denen Kugeln normalerweise spätestens stecken bleiben. Der Kugelfang ist bei der KTU in Bielefeld. Die nehmen ihn auseinander. Ein Ergebnis der Untersuchung haben wir jetzt allerdings auch hier noch nicht. – So weit zum Status quo", beendete Pölting seinen Vortrag und setzte sich zurück zu den anderen an den Tisch.

„Was brauchen Sie denn an Leuten für den Fall?", wollte der Polizeichef wissen.

„Das kann ich Ihnen noch nicht sagen. Was nützt es, wenn ich jetzt sage: Ich brauch ein Suchkommando von zehn Mann. Und dann weiß ich noch nicht mal, wonach die suchen sollen. An der Vogelstange selbst hat die SpuSi auf jeden Fall keine verwertbaren Spuren gefunden. Ich schlage vor, wir warten erst mal das Ergebnis der KTU und der Gerichtsmedizin ab, und wenn ich dann Leute brauche, dann stehe ich auf der Matte. Dessen können Sie versichert sein."

„Machen Sie das."

„Und Sie sind sich sicher, dass Sie den Fall mit nicht mal 'ner Hand voll Leuten aufklären können?", fragte Oberstaatsanwalt Baumgarten mit skeptisch gerunzelter Stirn.

„Ich bin mir sicher, dass ich noch einige Leute mehr brauchen werde, nur für den Moment halt noch nicht", stellte Pölting klar.

„Nun gut. Also, dann machen Sie mal Ihre Arbeit und halten Sie mich auf dem Laufenden. Und denken Sie bitte daran, dass wir heute Mittag auf jeden Fall noch vor die Presse müssen."

Die Presse war das letzte, was Pölting im Kopf hatte. Aber er wusste auch, dass er den Geiern irgendwas würde präsentieren müssen.

„Können wir den Pressetermin möglichst weit nach hinten schieben, damit wir vielleicht wenigstens ein klein bisschen was haben, das wir den Leuten vorsetzen können?"

„Gut, Herr Pölting, den Aufschub gewähre ich Ihnen gerne."

Der Oberstaatsanwalt schien zufrieden, soweit man in dieser Situation überhaupt von Zufriedenheit sprechen konnte. „Wir sehen und dann um 16 Uhr hier zur PK. Herr Düchting, ich nehme an, Sie sind auch dabei."

„Ungern, aber ja", war dessen ehrliche Antwort.

„Gut. Meine Herren, meine Dame, machen wir uns an die Arbeit. Ich danke Ihnen."

16

Pölting und Feldmann saßen an ihren Schreibtischen. In Ermangelung eines weiteren Stuhls saß der Sheriff auf der Fensterbank.

„Danke noch mal für die Beförderung, Herr Pölting."

„Das war keine Beförderung, sondern nur ein Aufgabenwechsel. Und den Herrn Pölting lassen wir mal weg. Ich bin Franz-Josef. Meine Freunde nennen mich Franjo."

„Ja, und seine Feinde sind tot", warf Feldmann ein.

„Das ist mein Gag, Klaus."

„Tschuldigung."

Beide mussten lachen.

„Lustig hier", konstatierte der Sheriff. „Ich bin Dieter. Ich weiß zwar immer noch nicht, wieso ich in der Mordkommission gelandet bin. Aber ich will mich auch nicht beschweren."

„Das ist ganz einfach." Pölting lehnte sich in seinem Stuhl zurück, so, als könnte das jetzt ein sehr langer Monolog werden. „Du kommst aus Strunkeln. Du kennst Dich da aus. Und so, wie die ganze Geschichte arrangiert war, hat der Mord oder besser das Mordmotiv auf jeden Fall etwas mit dem Dorf zu tun."

„Ich kann mir nicht vorstellen, dass irgendeiner aus dem Dorf zu so einer Tat fähig wäre. Ich kenne die alle."

„Das ist eben die berühmte Geschichte mit dem Vorn-Kopp-vor-gucken-können-und-nicht-Rein", warf Feldmann ein. „Es muss ja auch keiner aus dem Dorf gewesen sein. Aber es stinkt danach. Und Franjo hat Recht. Da kann einer, der sich auskennt im Dorf und der vor allem die Leute da alle kennt, Gold wert sein."

Pölting nahm einen Schluck aus seiner Kaffeetasse und schaltete in den Fragemodus.

„Die Eltern, die Hoffschultes, haben die Feinde?"

„Feinde? Nein. Bernd wollte doch sogar König werden dieses Jahr. Auf das Duell mit seinem Freund Gerd haben sich alle schon gefreut."

„Aber auf den Vogel geschossen hat doch nur Gerd Menzel", warf Feldmann ein.

„Ja, das ist es ja."

„Was?"

„Gerd Menzel und Hoffschultens Bernd haben alles gemeinsam gemacht, schon immer. Ich kenne die beiden nur zusammen. Die waren wie Zwillinge. Früher haben die Leute schon gesagt: Wenn die mal 'ne Freundin haben, dann teilen sie die sich auch noch."

„Haben sie das?"

„Nicht, dass ich wüsste."

Der Sheriff musste schmunzeln.

„Also auf jeden Fall nicht Anita. Bernd und Anita, die sind schon ein Traumpaar."

„Zurück zum Schießen", unterbrach Pölting die Ausführungen. „Wie Klaus richtig festgestellt hat, hat ja nur Gerd Menzel geschossen."

„Ja, weil der Kleine verschwunden war. Deshalb hat sich Bernd geweigert, mitzuschießen. Ursprünglich wollten die beiden ein großes Stechen schießen um den König. Das haben sie richtig vorbereitet."

„Wie?"

„Ich wollte eigentlich auch auf den König schießen, quasi um meinen Obermeister zu feiern."

„Und?"

„Und dann haben die beiden mich regelrecht bearbeitet. Ich könnte mich doch unmöglich in ihren Wettkampf einmischen. Das hätte doch Tradition, dass nur sie sich duellieren. Das wüsste ich doch. Den Spaß dürfte ich ihnen nicht verderben."

„Wusste noch jemand von dem Plan der beiden?"

„Alle wussten das."

„Dann wusste der Täter also, dass nur Menzel und Hoffschulte am Montag schießen würden", stellte Feldmann fest.

„Wenn er aus dem Dorf kommt, ja."

„Dann stellt sich nicht die Frage, ob Hoffschultes Feinde hatten, sondern ob Bernd Hoffschulte und Gerd Menzel Feinde hatten."

„Und, hatten sie?", hakte Pölting nach.

„Feinde?"

Der Sheriff überlegte ein paar Sekunden.

„Nein."

„Aber?"

„Wieso aber?"

„Nun, dein ‚Nein' kam nicht direkt", merkte Pölting an. „Du musstest also abwägen."

„Was?"

Pölting schlug mit der Hand auf den Schreibtisch, nicht laut oder aggressiv, aber doch so, dass das Zeichen für den Sheriff eindeutig war.

„Du bist härter als mancher Zeuge. Es geht hier nicht um die Ehre Deines Dorfes."

„Ich will hier auch gar keine Ehre verteidigen", verteidigte sich jetzt der Sheriff.

„Ich frage mal anders“, machte Pölting wieder ruhiger weiter. „Haben die beiden irgendwas gemacht, womit sie bei anderen angeeckt sind?“

„Wer hat das nicht schon mal?“

„Ich meine, in jüngerer Zeit und auch nicht irgendeinen Dumme-Jungen-Streich.“

„Das Einzige, was ein bisschen für Aufruhr gesorgt hat, ist das Windrad.“

Pölting horchte auf.

„Davon hat mir meine Frau gestern erzählt, dass ihr in Strunkeln jetzt auch das erste Windrad kriegt. Und was haben die beiden damit tu tun?“

„Na ja, die beiden haben das ausgeheckt. Und dann haben sie Investoren zusammengetrommelt und eine Genossenschaft gegründet, die das Rad jetzt baut und dann betreibt.“

„Und lass mich raten“, warf Feldmann ein und zeigte bedeutend mit dem Zeigefinger auf den Sheriff. „Es steht auf Hoffschultes Acker.“

„Ja.“

„Und wer ist gegen das Windrad? Mensch, lass Dir doch nicht alles aus der Nase ziehen“, monierte Pölting leicht genervt.

„Toll fanden das einige nicht. Aber wirklich laut beschwert hat sich eigentlich nur Lüttmanns Willi.“

„Das ist der Dorfwirt?“

„Ja. Der meinte, sie würden ihm damit seine Gäste vertreiben. Dabei steht ringsum doch sowieso schon alles voll mit den Dingern. Aber Willi meinte, der ganze Schlagschatten und der Infraschall. Das käme jetzt ja noch alles dazu.“

„Das ist doch 'ne Bikerkneipe.“

Feldmann musste lachen.

„Und die beschweren sich über Krach? Das ist gut."

„Infraschall!", korrigierte Pölting.

„Ja und?"

„Das ist Schall, den Du nicht hörst."

„Wenn die Biker auflaufen, dann hörst Du nicht mal den normalen anderen Schall. Und Infraschall produziert zum Beispiel eine Harley ohne Ende."

„Das stimmt", pflichtete der Sheriff Feldmann bei, während Pölting bei der Bemerkung nur anerkennend nickte. „Aber darüber traut sich im Dorf keiner zu beschweren."

„Apropos Biker", nahm Pölting das Stichwort auf, „musst Du nicht noch deinen Bericht über die Schlägerei beim Schützenfest in Sennelager fertigmachen, Klaus?"

„Danke für die aufmunternden Worte, Franjo", gab ihm Feldmann zurück. „Ja, das muss ich auch noch."

„Dann mach das Zeug mal fertig, damit uns das nicht mehr dazwischenkommt. Ich fahre mit Dieter nach Strunkeln und gucke mir das Kaff mal in Ruhe an."

Der Sheriff wollte etwas sagen, doch Pölting war schneller.

„Ist doch'n Kaff, oder? – Komm."

17

Pölting wollte zunächst die Baustelle für das neue Windrad anschauen. Windkraftbaustellen gucken war ja seine neue Leidenschaft. Als die beiden den Wagen auf der geschotterten Freifläche abstellten, stand dort schon eine Moto Guzzi California. Der Fahrer mit seiner schwarzen Nietenkutte stand am Zaun der Baugrube und schaute hinein.

„Was will der denn hier?“, entfuhr es dem Sheriff.

„Wer?“

„Guzzi Fuzzi.“ Er deutete auf den Motorradfahrer.

„Kennst Du den?“

„Ja, das ist Guzzi Fuzzi, ein guter Kumpel von Lüttmanns Willi und ein begnadeter Zapfer.“

„Du meinst begnadigt?“

„Ob er schon mal begnadigt worden ist, weiß ich nicht. Aber als Zapfer ist er unschlagbar. Der hat einen Ausschuss! Da kommt keiner mit. Der füllt Dir das ganze Schützenfest alleine ab.“

Aus den Worten des Sheriffs klang Hochachtung.

Die beiden gingen zur Baugrube rüber.

„Guten Morgen“, begrüßte Pölting Fuzzi, „ich bin Hauptkommissar Pölting. Darf ich Sie fragen, was Sie hier machen?“

„Gucken“, antwortete Fuzzi trocken, „und darf ich fragen, was Sie hier suchen?“

Pölting schaute ihm ins Gesicht, in der Hoffnung aus seiner Miene irgendetwas herauslesen zu können.

„Ich weiß es noch nicht."

Mit einem „Dann suchen Sie mal weiter nach Weiß-ich-noch-Nicht." wandte Fuzzi sich ab und ging zu seiner Maschine. „Und wenn Sie vielleicht auch noch wichtige Fragen haben: Der Sheriff weiß, wo Sie mich finden können."

„Sheriff", stutzte Pölting und sah ihn an, „wieso nennt er Dich Sheriff?"

„Weil ich der Einzige im Dorf bin, der bei der Polizei ist. Deshalb nennen sie mich da halt alle Sheriff."

„Finde ich lustig. Klingt auch nicht so gewöhnlich wie Dieter. – Sheriff."

„Aber Fuzzi hat Recht. Was suchen wir hier eigentlich", nahm der Sheriff dessen Frage wieder auf.

„Ein Motiv? Einen Zusammenhang? Ich weiß es wirklich noch nicht. Das Einzige, was ich jetzt weiß, ist, dass der Täter wollte, dass der Junge gefunden wird."

„Wieso bist Du Dir da so sicher?"

„Wenn es nur darum gegangen wäre, den Kleinen umzubringen, dann hätte ich ihn als Täter hier unter dem Kiesbeet verscharrt und alles wieder schön glatt gemacht."

Pölting zeigte mit einer Armbewegung auf den Grund der runden Fundamentgrube. Sie hatte einen Durchmesser von über 20 Metern und war gut drei Meter tief. Der planierte Boden war mit einer abgerüttelten Schotterschicht bedeckt und in der Mitte steckte eine Eisenstange.

„Da kommt jetzt die Tage eine Betonsohle drauf, und auf die drauf kommt ein zig Tonnen schweres Fundament mit einer wahnsinnigen Stahlarmierung und darauf ein fast 160 Meter hoher Turm. Wenn der Täter die Leiche hier sauber unter dem Schotter verscharrt hätte, sie wäre nie wieder zum Vorschein gekommen. Der perfekte Mord."

„Und wenn der Täter das nicht gewusst hat?"

„Dann wäre er nicht so schlau gewesen, den Kleinen so genau platziert auf dem Kugelfang zu drapieren und schon gar nicht, den Kugelfang auch noch so zu manipulieren, dass er die Kugeln auch durchlässt."

Der Sheriff starrte auf die Kiesfläche am Fuß der Baugrube. Langsam schwante ihm, dass Pölting wahrscheinlich Recht hatte. Dieser Mord war nicht einfach nur ein Mord in Strunkeln. Dieser Mord war ein Strunkelner Mord. Er fühlte sich nicht wohl bei dem Gedanken. Aber er verstand jetzt, wieso Pölting ihn in der Mordkommission unbedingt dabei haben wollte.

„Du wolltest Dir das Dorf anschauen."

„Ja, sicher."

„Dann lass uns fahren."

„Nein, lass uns laufen", widersprach ihm Pölting. „Zu Fuß nimmt man mehr wahr, und so haben wir Zeit, zu reden, ohne dass uns jemand aus dem Dorf zuhört."

Sie schlossen den Wagen ab und machten sich auf den Weg ins Dorf. Pölting liebte es, auf den Wirtschaftswegen durch die Äcker zu streifen. Es war ja auch seine tägliche Gassitour in Scharmede. Aber hier in der hügeligen Landschaft der Paderborner Hochfläche, dann noch mit Blick auf die Egge statt auf die Kreismülldeponie, war es natürlich nochmal eine ganze Ecke schöner.

Der Sheriff versuchte, Pölting auf den knapp zwei Kilometern bis ins Dorf die Dorfstruktur zu erklären. Wer wer war im Dorf, wer der Bürgermeister war, obwohl er kein Bürgermeister war und eigentlich nichts zu sagen, aber halt viel zu reden hatte. Was es mit Lüttmanns Willis Bikerfreundschaften auf sich hatte und wieso die sich bei Lüttmanns trafen am Wochenende. Auch über die Hoffschultes wollte Pölting alles wissen und natürlich über diese faszinierende Freundschaft zwischen Hoffschultens Bernd und Gerd Menzel, die ja scheinbar alles im Dorf zu ermöglichen schien.

„Wenn ich zusammenfassen darf, gibt es nur wenige Anknüpfungspunkte, mit denen wir was anfangen können", resümierte Pölting, als sie die ersten Häuser des Dorfes erreichten. „Wir haben das Windrad, das erste im Dorf, das nicht alle im Dorf zu Beifall ermuntert."

„Ja."

„Wir haben Willi Lüttmann, der das Windrad offen verhindern will, weil er Angst hat, dass es ihm seine Gäste vertreibt."

„Ja."

„Und wir haben Willi Lüttmann, einen intelligenten Menschen, der von seinem Vater aber nicht gefördert wurde, weil er wollte, dass er die Kneipe übernimmt, und der sich deshalb in die Bikerszene begeben hat, um mit seinen dortigen Freunden seinen Vater zu, ich sag mal, piesacken."

„So hat mein Vater mir das erzählt."

„Bleibt in der Zusammenfassung? – Willi Lüttmann."

„Bleibt in der Zusammenfassung Lüttmanns Willi, ja. Lüttmanns Willi und das Windrad. Aber bringt man deshalb ein Kind um?", gab der Sheriff zu bedenken.

„Wenn man es nicht selber tun muss."

Der Sheriff stutzte.

„Du denkst an die Bikerfreunde?"

„Zum Beispiel."

Pöltings Blick fiel auf ein Haus mit einem Anbau, der wohl mal ein Laden gewesen sein musste. Das weckte seine dörfische Neugier.

„Gibt es eigentlich noch Geschäfte im Dorf?", wollte er wissen.

„Nein, das war das letzte."

„Wir haben in Scharmede wenigstens einen Netto. Das ist ein unschätzbarer Luxus."

„Der Laden gehörte übrigens dem Bürgermeister. Er hat vor sechs Jahren dichtgemacht. Hat sich nicht mehr gelohnt. Und er brauchte den Laden wohl auch nicht mehr."

„Wieso das?"

Pölting war erstaunt über diese Aussage.

„Als es noch gut lief, hat er sich ein paar Häuser gekauft, in Paderborn, als Altersversicherung. Und von den Einnahmen lebt er jetzt. – Aber es fehlt ja nicht nur der Laden. Beim Bürgermeister war das Kommunikationszentrum des Dorfs. Hier konntest Du alles erfahren, was passiert ist und was vielleicht passiert ist oder noch passieren würde. Du musstest nur ein bisschen Zeit mitbringen"

„Und wie tauscht ihr euch jetzt aus?", wollte Pölting wissen.

„Der Bürgermeister ist ja noch da, nur halt der Laden nicht mehr. Ansonsten funktioniert hier die Nachbarschaft wirklich super. Und dann gibt es ja auch noch Lüttmanns."

„Aber da sind doch die Biker."

„Ja, am Wochenende. Und die sind ja auch nicht alles Unmenschen. Die sind teilweise sogar richtig gut drauf. Schräge Vögel."

„Aber auf die schrägen Vögel müssen wir uns nicht konzentrieren. Mich interessieren mehr die Galgenvögel. Wie viele dürften das von denen sein?"

„Schwer zu sagen. Man weiß ja nicht, wer wirklich dicke ist mit Lüttmanns Willi."

Der Sheriff überlegte eine Weile, während sie weiter die Dorfstraße hinuntergingen.

„So aus dem Bauch würde ich sagen: vielleicht zehn."

„Die sollten wir uns mal näher anschauen. Vor allem interessiert mich, wer von denen am Wochenende hier in Strunkeln aufgetaucht ist."

„Das waren einige, also Biker. Willi hat doch das Zepter abgeschossen, und dann hat Fuzzi gleich einen Rundruf an seine Kumpels gestartet."

Die beiden gingen wortlos weiter. Der Sheriff sah Pölting an und merkte, dass es in seinem Kopf arbeitete. Seine Augen waren halb zusammengekniffen, fast wie bei Donald Trump, nur ohne Eichhörnchenfrisur. Sein Blick ging in die Ferne, sofern ein Blick in dörflicher Bebauung denn in die Ferne gehen kann.

„Können wir uns irgendwo hinsetzen, Sheriff?"

„Du nennst mich Sheriff?", fragte der Sheriff überrascht. „Bist doch selbst einer."

„Den Namen hast Du weg. Ich finde den gut."

Das gefiel Pölting, dass jetzt einer seiner Kollegen inmitten all der anderen Polizisten mit dem Titel Sheriff durch die Gegend laufen würde.

„Da vorne an der Kapelle ist eine Bank."

„Das ist gut."

Die beiden setzten sich auf die Bank an der Kapelle. Pölting beugte sich leicht nach vorne, stützte seine Ellbogen auf den Beinen ab und hielt die Hände gebetsartig vor den Mund.

„Was denkst Du?", wollte der Sheriff nach einer Weile wissen.

„Wie kommen wir an den Wirt und seine Kumpel ran, ohne dass sie sofort Verdacht schöpfen, dass wir sie auf dem Kieker haben?"

„Nun, wir können Willi doch sagen, dass wir rauskriegen wollen, wer etwas gesehen haben könnte. Und um sicherzugehen, dass wir keinen Zeugen vergessen, brauchen wir eine

Liste von allen Bikern, die auf dem Schützenfest am Sonntagabend und am Montag da gewesen sind."

„Wieso am Montag?"

„Also, wenn ich den Jungen auf dem Kugelfang festgebunden hätte, dann hätte ich doch sichergehen wollen, dass er auch tot ist. Ich meine, sonst hätte ich doch einen Zeugen."

„Sheriff, Du bist gut", stellte Pölting anerkennend fest. „Schön, dass ich Dich im Team habe."

„Danke für die Lorbeeren. Kommen aber ein bisschen zu früh."

„Nein. Du denkst mit, und Du machst Dir auch den Kopf des Täters. Das ist gut."

Dieses Lob machte den Sheriff stolz, auch wenn er es in dieser Situation überhaupt nicht genießen konnte. Trotzdem lehnte er sich scheinbar genüsslich auf der Bank zurück, verschränkte die Arme vor der Brust und schloss die Augen, um sich konzentrieren zu können. Pölting nahm unterdessen auch wieder seine Denkhaltung ein. Man hätte jetzt meinen können, der konzentrierte Intellekt der Paderborner Kripo hätte sich auf einer Bank zum Brainstorming versammelt.

„Aber was ist, wenn wir Willi auf den Windmasten ansprechen? Denn der ist ja unser Verdachtsursprung für sein Motiv. Wird er da nicht Lunte riechen?", unterbrach der Sheriff das grübelnde Schweigen.

„Die Frage geht mir auch im Kopf rum. Und ich habe keine wirkliche Idee dazu."

„Wie wär's, wenn ich ihn beiläufig frage, ob er glaubt, dass Hoffschultens Bernd das Projekt jetzt noch durchziehen will und kann?"

„Mach das!" Pölting nickte anerkennend. „Das ist gut."

18

Hoffschultens Bernd saß auf seinem Lieblingsplatz, auf der Bank oben am Kamp, mit Blick über das Dorf und das Strunkeltal. Aber er genoss den Ausblick diesmal nicht. Er saß dort ähnlich wie der Sheriff und Pölting auf der Bank an der Kapelle, nur nicht mit verschränkten oder abgestützten Armen. Seine Arme hingen schlaff herunter und seine Hände griffen die Vorderkante der Bank. Er saß dort und träumte sich in die Vergangenheit zurück. Er erinnerte sich daran, wie der Kleine das erste Mal ‚Papa' gesagt hatte, wie er seine ersten Schritte gemacht hatte, unten bei Gertrud in der Küche, als er dort stolz gestanden hatte, weil er schon richtig stehen konnte und sich am Stuhlbein festhielt, um nicht doch umzufallen und wie ihn Gertrud dann mit einem Stück Pfannekuchen, seinem Lieblingsessen vom Stuhl weggelockt hatte und er dann einfach losgelaufen war.

Und er erinnerte sich, wie er bei Gerds Geburt zu spät im Krankenhaus angekommen war und alles schon vorbei war, nur weil er nicht sofort ins Krankenhaus konnte, weil gerade eine Kuh kalbte und Hermann wegen eines Termins unterwegs gewesen war, und wie er auf dem Flur mit dem Arzt gesprochen hatte und ihm gesagt hatte, dass er sich wundere, weil der Kleine so schwer wäre, und das, obwohl er doch zu früh gekommen wäre, und der Arzt ihm antwortete: „Wieso, der Kleine war doch pünktlich, à point, wie der Franzose sagen würde."

Und dann Anita, völlig fertig, aber überglücklich. Er erinnerte sich, wie sie sich umarmt hatten und nicht hatten wieder loslassen können, für gefühlte Stunden, so glücklich waren sie. Natürlich erinnerte er sich auch an den triumphalen Einzug des neuen Stammhalters auf dem Hoffschultenschen Hof. Denn auch wenn Bernd ein moderner Mensch ist: Für einen Bauern ist ein männlicher Erbe immer noch etwas ganz Besonderes. Und jetzt war er tot. Alles, was Bernd durch den Kopf ging, war nur noch Erinnerung, nackte Erinnerung, Erinnerung an eine unwiederbringlich zerstörte Idylle.

19

„Sheriff, was machst Du denn hier?“, waren die Begrüßungsworte von Lüttmanns Willi, der sichtlich überrascht war, als Pölting und der Sheriff die Dorfkneipe betraten. „Ich hätte Dich eher in der Ausnüchterungszelle erwartet als in Uniform.“

„Die Ausnüchterung war schon gestern Nachmittag“, entgegnete der Sheriff, „und jetzt bin ich in der Mordkommission.“

„Herzlichen Glückwunsch.“

„Und das ist Hauptkommissar Pölting. Aber den kennst Du ja schon.“

„Und womit kann ich helfen?“, wollte Willi ganz gastwirtlike wissen.

„Können wir uns irgendwo ungestört unterhalten?“, fragte Pölting.

„Ja sicher, wir können uns da vorne an den Ecktisch setzen, da hab ich alles im Blick. Ansonsten ist ja eh noch keiner da. Dienstag ist immer so’n ‚Ruhetag, ohne dass wir zu haben’, sage ich immer. Und heute kommt noch hinzu, dass gleich der Zeltbauer kommt, um das Schützenzelt abzubauen. Da ist es ganz praktisch, wenn dann keine Gäste da sind.“

„Das hat mich sowieso gewundert, dass Sie am Mittwoch Ruhetag machen. Hab ich draußen gelesen. Ist doch eher ungewöhnlich.“

„Der Mittwoch ist mir heilig. Da ist Bikertreffen an der Brocker Mühle. Und da muss die Kneipe zurückstehen."

„Brocker Mühle?", fragte Pölting neugierig.

„Das ist das Motorradtreffen in Ostwestfalen. Für mich das absolute Muss. Wissen Sie, wie viel Schnitzel wir hier an Biker verkaufen? Das können die Dörfler nicht reinholen."

„Interessant. Und wo wir gerade bei Bikern sind. Deswegen sind wir hier."

„Sie sind wegen der Biker hier?", fragte Willi verdutzt. „Versteh ich nicht."

„Ist ganz einfach. Da wir völlig im Dunkeln tappen, müssen wir jeden befragen, der irgendwas mitgekriegt haben könnte. Und zu den möglichen Zeugen gehören natürlich auch Ihre Bikerfreunde, die hier auf dem Schützenfest da waren."

„Jetzt versteh ich."

„Wir bräuchten also eine Liste von Ihnen mit Angaben, wer alles an den fraglichen Tagen hier war, wer vielleicht sogar hier übernachtet hat."

„Wieso wollen Sie wissen, wer hier übernachtet hat?"

„Nun, ich gehe mal davon aus, dass der Täter den Jungen nachts auf dem Kugelfang festgebunden hat. Und dann ist es doch schlau, nachzufragen, ob jemandem in der Nacht irgendetwas aufgefallen ist, oder?"

„Doch. Aber wer alles von den Bikern da war, weiß ich wirklich nicht. Hör'n Sie, ich bin Zepterprinz. Und ein Prinz zählt seine Gäste nicht durch. Oder, Kronprinz?", ging seine Frage an den Sheriff.

„Stimmt. Aber Fuzzi dürfte doch den Überblick haben", kam der Sheriff direkt zum Thema zurück. „Der musste ja arbeiten."

„Das mag sein. Ich werd ihn mal interviewen."

„Gut. Und dann machen Sie uns bitte eine Liste fertig, wenn's geht, mit Telefonnummern und Adressen", gab Pölting dem Wirt auf, „und der Sheriff holt die heute Abend bei Ihnen ab."

„Hast Du Bernd heute eigentlich schon mal gesehen?", wechselte der Sheriff nun zielstrebig das Thema.

„Nee, aber wie ich den kenne, sitzt er jetzt wahrscheinlich oben am Kamp auf seiner Bank und grübelt."

„Wie kommst Du darauf?"

„Macht er doch immer. Weißt Du doch. Wenn Bernd über was nachdenken muss, dann setzt er sich zum Grübeln auf seine Bank, manchmal stundenlang."

„Und was meinst Du, über was er nachdenkt? Ob er alles in den Klump hauen soll? Ob das Leben noch Sinn macht jetzt? Ob er noch Lust hat auf sein Windrad?"

„Wenn er seinen Windmonsterplan aufgeben würde, dann hätte der Mord an dem Kleinen wenigstens einen positiven Effekt." Das war ein klares Statement von Lüttmanns Willi, das auch Pölting überraschte.

„Das meinen Sie jetzt nicht so, oder?", ging er dazwischen.

„Doch." Willis fröhliches Gastwirtslächeln war weg. „Ich weiß, das klingt hart. Ist vielleicht auch der falsche Moment, das jetzt so zu sagen. Aber dieser Windriese da, der ist nun mal völlig über."

„Ach, stimmt ja, Sie telefonieren hier in Strunkeln ja noch mit Holz."

„Das hat doch damit nichts zu tun. Wir exportieren doch sogar Strom in andere Länder, weil wir viel zu viel davon haben. Und deswegen müssen wir hier nicht alles vollpflastern."

„Dann erklären Sie diesen Standpunkt mal einem Rheinländer, dessen Dorf dem Braunkohlebagger zum Opfer fällt, nur weil Sie Angst um Ihre schöne Aussicht haben. – Aber das will ich jetzt auch gar nicht mit Ihnen diskutieren", brach Pölting harsch ab.

„Das verstehen Sie falsch. Ich hab ja nichts gegen Windkraft. Aber gucken Sie sich doch mal die Landschaft hier an, wie die aussieht."

„Genau das meine ich", entgegnete Pölting. Er schien innerlich zu kochen ob so viel Ignoranz, und sichtlich genervt stand er auf. „Dann grüßen Sie mal schön Sankt Florian und machen Sie die Liste für den Sheriff fertig. Wir müssen." Pölting ging zu Tür und der Sheriff folgte ihm.

„Bis dann, Willi."

„Ja, ja, bis nachher." Er schüttelte verständnislos den Kopf, als die beiden die Kneipe verließen.

Vor der Tür musste Pölting erst mal tief durchatmen. Diese Leute, die alles haben wollen, nur nicht vor ihrer Haustür, konnten ihn zur Weißglut bringen.

„Was war das denn?", wollte der Sheriff wissen. „Wieso brichst Du die Vernehmung ab. Wir hatten ihn doch schon ziemlich weit."

„Viel mehr hätten wir sicher nicht mehr von ihm erfahren. Und zumindest wissen wir doch jetzt, dass ihm der Tod des Jungen nicht wirklich sehr nahegeht. Empathie klingt auf jeden Fall anders, finde ich. Ansonsten regen mich solche Typen total auf, die alles haben wollen, aber nix dafür hergeben wollen."

Da der Sheriff jetzt grad keine Lust auf einen Vortrag über Windkraft hatte, wechselte er einfach das Thema: „Und was machen wir jetzt?"

„Nun, wir machen das, was wir dem Wirt gesagt haben. Wir fragen alle hier im Dorf, ob irgendwer was mitgekriegt hat in der Nacht von Sonntag auf Montag."

„Da werden wir bei vielen garantiert nichts erfahren."

„Wieso?"

„Guck, ich zum Beispiel bin Kronkönig geworden, und ich kann mich gerade mal mit Hängen und Würgen daran erinnern, wie ich nach Hause gekommen bin."

„Sicher?" Pölting musste grinsen.

„Na, zumindest bin ich morgens in meinem Bett aufgewacht."

„Das ist ja beruhigend."

Der Sheriff wollte diese Ironie nicht hören. Denn eigentlich wäre er ja einer von denen, die sie jetzt aus dem Bett klingeln mussten.

„Also gut. Machen wir Klingelmännchen."

„So viele Häuser sind's ja nicht. Ich nehm die linke Seite und Du die rechte", bemerkte Pölting im Versöhnungston. „Auf geht's."

So machten sich die beiden denn auf Besuchstour durch die Häuser des Dorfs. Für den Sheriff war es eine ganz besondere Tour. Immer wieder musste er erklären, dass er jetzt für die Mordkommission arbeite, weil der Leiter der Kommission auf seine Hilfe angewiesen sei. Bei den Informationen der Dorfbewohner war es genauso, wie der Sheriff vermutet hatte. Viele waren froh, dass sie es am Sonntagabend nach Hause und ins Bett geschafft hatten. Aber auch von den anderen hatte niemand in der Nacht etwas Auffälliges wahrgenommen, auch keine Motorradgeräusche gehört oder Ähnliches.

Gut eine Stunde brauchte der Sheriff für seinen Teil der Häuser, und da er nicht wusste, wie weit Pölting mit seiner Tour war, ging er schon mal zurück zum Auto. Als Pölting endlich auftauchte, saß der Sheriff oder besser, er lag fast auf einem Schotterhaufen neben dem Auto und döste in der Sonne vor sich hin. Etwas Gemütlicheres gab die Baustelle leider nicht her und den Autoschlüssel hatte ja der Chef.

„Du warst ja lange unterwegs", empfing er diesen. „Du hättest mir wenigstens den Schlüssel geben können, wenn Du so lange brauchst."

„Tut mir leid, dass Du hier in der Wüste darben musstest, aber ich habe nicht damit gerechnet, dass dein Bürgermeister so viel zu erzählen hat. Aber jetzt bin ich natürlich bestens informiert über euer Dorf." Er lächelte. „Ich weiß sogar, wieso er der Bürgermeister ist."

„Das hat er Dir erzählt?" Die Frage des Sheriffs triefte vor Ironie.

„Ja, sein Vater war der letzte gewählte Bürgermeister von Strunkeln. Und nach der Eingemeindung hat er den Titel im Dorf einfach behalten. Und als sein Vater mit 65 an Krebs gestorben ist, hat euer jetziger Bürgermeister den Titel geerbt. Das Kommunikationszentrum war ja sowieso bei ihm im Laden."

„Guck an. Das wusst ich noch gar nicht", bemerkte der Sheriff überrascht.

Pölting deutete mit dem Kopf zum Windkraftfundament.

„Lass uns noch mal zum Loch gucken."

Der Sheriff rappelte sich auf und klopfte den Staub von der Uniform.

„Da ist doch nix, außer dem Kiesbeet."

„Aber vielleicht inspiriert es mich trotzdem."

Die beiden gingen zum Bauzaun.

„Ich weiß nämlich vom Bürgermeister, wieso der Wirt wahrscheinlich wirklich gegen das Windrad hier ist."

„Da bin ich mal gespannt", antwortete der Sheriff.

Und er war es wirklich.

„Als er die Kneipe von seinem Vater übernommen hat, wollte er ordentliche Parkmöglichkeiten vorm Haus schaffen. Dafür hätte er aber einen öffentlichen Grünstreifen pflastern müssen. – Und das hat einer im Dorf vehement verhindert?"

„Wer?“

„Hermann Hoffschulte. Und zwar mit der Begründung, dass das das schöne Dorfbild zerstöre.“

„Und mit der gleichen Begründung wettert Lüttmanns Willi jetzt gegen das Windrad.“

„Genau. – Und noch was: Der Bürgermeister hat mir auch erzählt, dass Willi Lüttmann immer der Beste in der Schule war, sein Vater aber nicht wollte, dass er auf's Gymnasium geht, weil er wohl Angst hatte, dass er dann die Kneipe ganz sicher nicht übernehmen werde. Und deshalb ist Sohn Willi zu den Bikern gegangen und ist am Wochenende dann mit denen aufgelaufen, um sich an seinem Vater zu rächen. Das war reine Provokation.“

„Sagt der Bürgermeister.“

„Nicht nur das. Das hat er wohl selber dem Bürgermeister so gesagt, und dass sein Vater selbst schuld dran sei.“

„Also ist ihm Rache nicht fremd.“

„Wohl nicht.“

20

Kommissar Feldmann hatte die Vernehmungsprotokolle der Schlägerei beim Schützenfest in Sennelager fertig bearbeitet und der Staatsanwaltschaft geschickt, denn schließlich ging es ja um Körperverletzung von nicht unerheblicher Schlagfertigkeit. Als Pölting und der Sheriff das Büro betraten, hatte er sich schon den Ergebnissen der Gerichtsmedizin zugewandt.

„Na, hast Du deine Schläger abgearbeitet?“, war dann auch die erste Frage Pöltings, als er Feldmann, der immer noch in den Bildschirm vertieft war, erblickte.

„Ja, und ich habe auch schon die ersten Ergebnisse der Gerichtsmedizin auf dem Schirm.“

Die Entspanntheit, mit der sich Pölting und der Sheriff auf den Heimweg ins Bullenkloster gemacht hatten, war mit diesem Satz verflogen. Beide bauten sich sofort hinter Feldmann auf, um einen Blick auf die Neuigkeiten zu werfen.

„Los, zeig mal!“, drängte Pölting nervös.

„Also, der Bericht sagt nichts Neues. Der Junge ist von sechs Kugeln getroffen worden, die von der rechten Seite in den Körper eingedrungen sind“, las Feldmann laut den Berichtstext vor.

„Das wissen wir ja schon vom Notarzt“, bemerkte Pölting und setzte sich auf seinen Bürostuhl.

„Ja, aber der hätte ja auch einen Einschuss übersehen können.“

„Richtig."

„Weiter: Tödlich waren wahrscheinlich zwei Projektile, die die Aorta verletzt haben, und ein Projektil, das die Halsschlagader verletzt hat, wäre vermutlich auch tödlich gewesen."

„Ist dreimal tödlich nicht zweimal zu viel?", fragte der Sheriff verwirrt.

„Ich werde Frau Doktor anrufen und sie fragen, wie sie das meint", beruhigte Pölting ihn. „Weiter, Klaus."

„Weitere Auffälligkeiten, Hämatome, andere Verletzungen oder Ähnliches, waren auf den ersten Blick nicht zu finden. Für weitere, genauere Untersuchungen wird der Leichnam in die Gerichtsmedizin in Münster überführt."

„Das ist ja nicht so viel", stellte Pölting frustriert fest.

„Man könnte auch sagen: gar nix", pflichtete Feldmann ihm bei.

Für einige Sekunden machte sich eine beklemmende Stille im Büro breit, bis endlich der Sheriff diese mit der Frage durchbrach: „Aber wie bekomme ich ein zum Paket gefesseltes Kind völlig unversehrt auf dem Kugelfang fest?"

Pölting nickte leicht mit dem Kopf. „Das genau ist unsere Frage. Und wenn wir die beantworten können, haben wir wahrscheinlich auch den Täter."

„Gut. Und was war bei euch?", brach Feldmann ein erneut einsetzendes Schweigen. Er war ja neugierig, was die beiden zu berichten hatten.

„Schwieriger Fall." Pölting lehnte sich in seinen Bürostuhl zurück. Und auch der Sheriff setzte sich auf den Stuhl, den Feldmann zwischenzeitlich besorgt hatte und der jetzt neben den beiden Schreibtischen stand. Pölting versuchte, bei seiner Beschreibung möglichst faktisch zu bleiben. „Also, wir sind erst mal zu einer Baustelle für ein Windrad gefahren, das auf dem Grund der Hoffschultes gebaut wird. Das hatte der Sheriff mir auf der Fahrt erzählt."

„Wieso Sheriff?", fragte Feldmann verwirrt.

„Weil Dieter", Pölting zeigte mit einer Geste auf den Sheriff, „in Strunkeln nur der Sheriff ist. Der einzige Polizist im Dorf. Und Sheriff ist doch auch besser als Dieter. Ich meine, wie viele Dieter gibt es hier im Bullenkloster?"

„Ich weiß es nicht. Mehrere", schätzte Feldmann grob und schob mit einem Blick auf den Sheriff die Frage nach: „Und Dieter ist jetzt Sheriff?"

„Ja", bestätigte Pölting lächelnd. „Ich finde das gut. Jedem guten Polizisten sein Alleinstellungsmerkmal.",

„Warum nicht?", nickte Feldmann.

„Und was ist mit dem Windrad? Hat das was mit unserem Fall zu tun?"

„An der Baugrube stand der Zeltzapfer, Guzzi Fuzzi." Pölting schaute den Sheriff rückversichernd an. „Stimmt doch, Sheriff?"

„Ja."

„Guzzi Fuzzi?" Feldmann schien elektrisiert.

„Den kenn ich."

„Woher?" Jetzt wurde Pölting neugierig.

„Das ist der Zapfer aus Sennelager, der seine Kumpels angerufen hat, als die Engländer in der Halle aufschlugen, um da Randale zu machen."

„Der war bei der Schlägerei da also dabei?"

„Nein, er hat nur die Schläger angerufen."

„Wie beim Prinzenschießen", stellte der Sheriff fest.

„Wie meinst Du das?", wollte Pölting wissen.

„Nun, als Lüttmanns Willi das Zepter abgeschossen hat, hing Fuzzi sofort am Handy und hat die Kumpels angerufen."

„Gab's da 'ne Schlägerei?", fragte Feldmann irritiert.

„Nein, nur 'ne Sause."

„Den Kerl sollten wir uns wirklich mal näher anschauen", sinnierte Pölting, „unabhängig von der Liste, die Du nachher abholst, Sheriff."

Feldmann blickte verdutzt auf Pölting.

„Was für eine Liste?"

„Wir haben dem Dorfwirt aufgegeben, eine Liste zusammenzustellen von allen Bikern, die auf dem Schützenfest waren, vor allem Sonntag und Montag."

„Ihr meint, dass die etwas mit dem toten Jungen zu tun haben?"

„Es ist zumindest bisher die einzige brauchbare Idee, die wir hatten."

Feldmann schien diese Idee zu gefallen, denn vor allem Fuzzi hatte es ihm angetan. Er hatte sich bei den Verhören ziemlich aus dem Fenster gelehnt, weil er wusste, dass sie ihm nicht ans Leder konnten. Denn er war ja an der Schlägerei nicht direkt beteiligt gewesen.

„Wenn's diesem Fuzzi an den Kragen geht, bin ich gerne dabei. Der hat seine Finger scheinbar überall drinstecken."

„Komisch, dass er mir in Bielefeld noch nicht aufgefallen ist", bemerkte Pölting.

„Leichen waren bisher wohl noch nicht sein Fach."

„Aber ich glaube nicht, dass er schlau genug ist für so einen Mord", gab der Sheriff zu bedenken.

„Ganz dumm ist er auch nicht", kam direkt der Einwand von Feldmann. „Immerhin hat er 'ne kleine Schrauberbude in Sennelager, wo er Motorräder fit macht."

„Der hat eine Motorradwerkstatt?" fragte Pölting erstaunt.

„Ja, aber nur für Moto Guzzi."

„Daher der Name?"

„Daher der Name. Und als Guzzi-Schrauber hat er sich auf jeden Fall auch einen Namen gemacht."

„Und als Zapfer", warf der Sheriff ein.

„Dann schlage ich mal vor, dass ihr beiden ihm morgen früh einen Besuch abstattet und mal schaut, ob er außer Schrauben und Zapfen vielleicht noch ein Talent hat."

„Willst Du nicht mit?", fragte Feldmann erstaunt. „Bist Du nicht neugierig?"

„Schon. Aber ich denke, ich fahre morgen nach Bielefeld, um nachzusehen, was uns unser Kugelfang so zu verraten hat."

21

Der Konferenzraum des Bullenklosters war gut gefüllt. Auch für die überregionale Presse war dieser Mord offensichtlich so interessant, dass sich sogar zwei Übertragungswagen des Boulevardfernsehens auf dem Parkplatz vorm Haus aufgebaut hatten, um live von der Pressekonferenz zu übertragen. Als Oberstaatsanwalt Baumgarten, Polizeichef Düchting und Hauptkommissar Pölting den Raum betraten, wurden sie mit einem Blitzlichtgewitter empfangen. Die drei setzten sich an den für sie hergerichteten Tisch, in der Mitte Pölting, rechts und links flankiert von Oberstaatsanwalt und Polizeichef. Nachdem die Pressemeute zur Ruhe gefunden hatte, eröffnete der Oberstaatsanwalt die Pressekonferenz.

„Meine Damen und Herren, ich grüße Sie herzlich, trotz dieses unschönen Anlasses. Ich bin der zuständige Oberstaatsanwalt. Mein Name ist Andreas Baumgarten. Ganz zu meiner Linken darf ich Ihnen den Leiter der Paderborner Polizei, den leitenden Polizeidirektor Hermann Düchting, vorstellen und in der Mitte den Leiter Mordkommission ‚Schützenkind', Hauptkommissar Franz-Josef Pölting. Wie Sie ja wissen, geht es um den gestrigen Mord an einem 19 Monate alten Kind in dem Lichtenauer Ortsteil Strunkeln. Es handelt sich um eine wirklich grausame, hinterhältige Tat. Ich sag es mal so: Ich bin jetzt 55 Jahre alt, und ich habe einige Dienstjahre auf dem Buckel.

Aber so etwas habe ich noch nicht erlebt." Baumgarten atmete tief durch. Er konnte nicht verbergen, wie unangenehm ihm dieser Termin war. Aber er wollte es wohl auch gar nicht. „Näheres erklärt Ihnen jetzt am besten Hauptkommissar Pölting."

Auch Pölting fühlte sich sichtlich unwohl mit seiner Aufgabe hier. Außerdem war ihm diese Bleistift spritzende Meute mit Fotoapparaten und Filmkameras suspekt. Trotzdem machte er gute Miene zum bösen Spiel.

„Guten Tag, meine Damen und Herren. Ich darf Ihnen kurz den Tathergang, soweit er uns bekannt ist, schildern. Am Montag, also gestern Morgen ging ein Notruf bei uns ein. Eine Mutter meldete ihren 19 Monate alten Sohn bei uns vermisst. Weil sie so sehr erregt war, dass es mich beunruhigt hat, sind wir direkt zu ihr gefahren, um vor Ort nachzusehen. Die Familie hatte alles abgesucht, das Kind aber nicht gefunden. Ich habe versucht, sie zu beruhigen und Ihnen aufgegeben, noch einmal alles gründlich abzusuchen."

„Wieso haben Sie nicht direkt ein Suchkommando eingesetzt, um das Kind zu finden?", kam direkt die erste Frage aus dem Saal.

„In Strunkeln war Schützenfest. Wissen Sie, was Sie da auslösen, wenn sie mit X Leuten da auflaufen, um alles zu durchsuchen? – Ich habe der Frau dann gesagt, dass ich mich am Nachmittag wieder melde. Um ca. 14:25 Uhr ging dann ein Notruf bei uns ein, dass man den Jungen gefunden habe. Gefesselt und auf dem Kugelfang der Schützen so festgebunden, dass er beim Vogelschießen von den Kugeln getroffen wurde."

„Aber ein Kugelfang fängt doch die Kugeln auf. Deshalb heißt er doch so", warf ein zweiter Journalist ein.

„Nicht, wenn der Kugelfang vorher so manipuliert wurde, dass er die Kugeln durchlässt. Und dieser Kugelfang war so manipuliert."

„Und wie?“

„Die Frage klärt gerade die Kriminaltechnik. Ein Ergebnis liegt noch nicht vor.“

„Und wieso hat niemand das Kind vorher entdeckt?“, wollte eine weitere Pressefrau wissen.

„Weil die Vogelstange zwischen zwei Bäumen steht, die den Kugelfang mit ihrem Blattwerk quasi einrahmen, und weil das Kind so befestigt war, dass man es von unten nicht sehen konnte.“

„Aber das kann doch nicht angehen“, erregte sich die Pressefrau jetzt.

„Was?“

„Dass ein Kugelfang dann so versteckt stehen darf.“

„Erstens steht der Kugelfang nicht versteckt, sondern zwischen zwei Bäumen, und zweitens ist in 500 Jahren Schützenwesen bisher meines Wissens noch keiner vorher auf die Idee gekommen, ein Kind auf dem Kugelfang festzubinden, um es dann von den Schützen erschießen zu lassen.“

Die Antwort saß.

„Gibt es Verdächtige?“, wollte jetzt einer wissen.

„Nein.“

„Hinweise zu einem möglichen Mordmotiv?“

„Nein.“

„Sie tappen also noch im Dunkeln?“

„Ja.“

„Und wie wollen Sie dann weiterkommen?“

„Indem wir unsere Arbeit machen und unsere Zeit nicht mit solchen wenig zielführenden Befragungen verbringen.“

„Wie meinen Sie das?“, kam jetzt die Frage von der anderen Seite.

„Sehen Sie. Wenn Sie gut zugehört haben, dann wissen Sie jetzt, dass wir noch ganz am Anfang stehen. Wir haben noch kein Ergebnis von der Gerichtsmedizin, noch keinen Bericht von der KTU, sollen Ihnen aber jetzt schon am besten verraten, was wir daraus für Schlüsse ziehen. Sie sollten eines mal dringend üben."

„Und was?"

„Sich in Geduld."

Ein leises Lachen ging durch die Reihen der Pressevertreter. Und Pölting setzte noch einen drauf: „Denn wenn es keine Meldung gibt, dann wird auch nicht dadurch eine Meldung daraus, dass Sie melden, dass es keine Meldung gibt. – Gibt es sonst noch Fragen?"

„Ja", meldete sich eine Frau, die offensichtlich zu einer der Fernsehkameras gehörte, „wo liegt dieses Strunkeln?"

„Auf diese Frage habe ich schon die ganze Zeit gewartet."

„Und wo liegt es?", bohrte die Fernsehfrau nach.

„Am Arsch der Welt."

Diese Antwort sorgte für allgemeine Erheiterung. Nur die Fernsehfrau ließ sie unbeeindruckt. „Hören Sie mal, Sie werden mir doch wohl sagen können, wo dieses Dorf liegt."

„Gute Frau", versucht Pölting es jetzt belehrend, „Strunkeln, das sind ein paar Häuser und ganz, ganz viel Gegend drum herum und seit gestern ein totes Kind. Und das Letzte, was die Leute da jetzt brauchen können, sind irgendwelche bildergeilen Fernsehleute, die mit ihren Ü-Wagen über das Kaff herfallen. – So. Hat noch jemand eine inhaltliche Frage?"

„Ja, eine Frage noch", meldete sich der Lokalredakteur der Grünen. „Wie groß ist die Mordkommission?"

„Wir haben drei Mann ausschließlich für diesen Fall abgestellt", übernahm jetzt der Polizeichef.

„Das ist nicht viel."

„Nein. Aber wenn Sie mich hätten ausreden lassen, hätten Sie erfahren, dass wir in dem Moment, wo wir Anhaltspunkte für weitergehende Untersuchungen haben, natürlich die Zahl der Kollegen in der Kommission aufstocken werden. Ist doch keine Frage."

„Wenn es sonst keine Fragen mehr gibt", ergriff der Oberstaatsanwalt nun das Wort, „dann möchte ich mich jetzt für Ihre Aufmerksamkeit bedanken. Mein Dank geht auch an Hauptkommissar Pölting für seine Ausführungen. Ansonsten werden Sie von uns hören, sobald wir interessante Neuigkeiten für Sie haben. – Angenehme Heimfahrt."

22

Für einen Dienstag herrschte geradezu Hochbetrieb bei Lüttmanns. Denn natürlich hatten viele Strunkelner Redebedarf. Keiner konnte wirklich begreifen, was da beim Vogelschießen passiert war. Die Schockstarre, die sich über das Dorf ausgebreitet hatte, bekam hier ein kleines Ventil, eine Möglichkeit, sich über Gespräche die Beklemmung wegreden zu können. Am Stammtisch saß, fast komplett, der Vorstand des Schützenvereins, allen voran der vermeintliche Held des Montags, Anton Doppmeier, der Schießmeister. Sein couragiertes Vorgehen hatte ihm Respekt, wenn nicht Bewunderung eingebracht, auch wenn er sich in dieser, seiner neuen Rolle nicht wohl fühlte. Am Bikertisch hatten sich Guzzi Fuzzi und fünf andere von Willis Bikerfreunden versammelt. Auch sie diskutierten und spekulierten über das, was da am Montag passiert war. Wenn er zwischendurch Zeit fand, gesellte sich auch noch Lüttmans Willi dazu.

Selbst an der Theke saßen nicht nur die, die da immer saßen, wie Günter, der dort für gewöhnlich in seinem grünen Ballonseidenanzug seine freie Zeit voll verbringt, oder Bennatz, der Rentner, den auch alle nur Bennatz nennen, dessen Nachnahme irgendwann verloren gegangen ist, der, seit seine Frau gestorben ist, sich jeden Abend bei Lüttmanns seinen Ruhestand schön trinkt, und der zu dem, was am Vortag passiert war, immer nur den einen Satz repetieren konnte: „Chanz chrässlich chrausam war dat chestern." Manchmal warf er dabei noch ein „und chemein" hinterher. Nur einer vom Thekenstammgastpersonal saß nicht an der Theke, der Bürgermeister, denn der saß heute natürlich bei den Schützen.

Als der Sheriff die Kneipe betrat, bekam das Ganze eine Anmutung von „High Noon", obwohl es schon halb acht am Abend war. Alle Gespräche verstummten schlagartig und die Blicke der Gäste richteten sich auf ihn. Nur Lüttmanns Willi durchbrach dieses erwartende Schweigen. Er stand vom Bikertisch auf, ging auf den Sheriff zu und fragte ihn: „Kommst Du wegen der Liste? Einige der Jungs sind hier. Du kannst sie gleich befragen."

Während die anderen Gäste wegen der Erwähnung einer Liste und der Befragung plötzlich wie elektrisiert schienen, war der Sheriff eher abgenervt.

„Darf ich auch was zu trinken bestellen, Willi?", war seine Antwort. „Und nur weil ich jetzt bei der Mordkommission bin, muss ich nicht wie die Kommissare im Fernsehen Tag und Nacht durcharbeiten."

Willi verstand die Ansage und versuchte, die Wogen mit der Frage „Was darf ich denn dem Mordermittler kredenzen?" zu glätten. So hatte er sich bei einer Bestellungsentgegennahme wohl noch selten ins Zeug gelegt.

„Mach mir einfach das, was ich immer trinke", konterte der Sheriff genervt. Er setzte sich auf den noch freien Barhocker neben Bennatz, der ihn auch gleich mit einem „Chanz chrässlich chrausam war dat chestern. Aber Du wars chut" begrüßte.

„Danke, Bennatz. Aber Spaß macht es nicht."

Der Sheriff war froh, dass Bennatz neben ihm saß. Das Gespräch mit ihm würde nicht ausarten. Aber er spürte auch, dass die anderen im Raum nicht wirklich zu ihren Gesprächen zurückfanden, dass sie offenbar auf eine Erklärung von ihm warteten.

„O. K.", wandte er sich jetzt an die Allgemeinheit, „mir ist klar, dass ihr von mir wissen wollt, was Stand der Dinge ist. Deshalb jetzt eine kurze Info zum Ermittlungsstand, und dann habe ich Feierabend. Also, wir sind noch nicht wirklich weiter gekommen. Nur eins steht fest: Der Kugelfang ist sehr aufwändig so manipuliert worden, dass die Kugeln hindurch gehen konnten. Da hat sich einer viel Arbeit gemacht. Und unsere Aufgabe wird es sein, rauszukriegen, warum. Deshalb wundert euch nicht, wenn ihr in den nächsten Tagen von uns vernommen werdet. Einige haben ja schon heute Vormittag Besuch von uns gekriegt. – So, und jetzt möchte ich einfach mein Feierabendbier genießen."

Die Ansprache des Sheriffs verfehlte ihre Wirkung nicht. Die Gespräche an den Tischen und an der Theke lebten wieder auf. Natürlich ging es überall nur um das Geschehen vom Vortag. Aber jetzt fanden die weiteren Spekulationen ohne die Beteiligung des Sheriffs statt. Der bekam von Willi sein Bier kredenzt.

„So Sheriff, hier ist Deine Belohnung. Soll ich Dir die Liste auch geben?"

„Ja, gerne. Und danke, Willi." Der Sheriff nahm einen ordentlichen Schluck. „Lecker, Willi. Mach mir mal gleich noch eins!"

23

Die letzte Nacht hätte Pölting sich gerne geschenkt. Er war schon früh aufgestanden, viel früher als nötig. Aber der Mord an dem Jungen ließ ihn einfach nicht zur Ruhe kommen. Immer wieder wurde er wach, und die Gedanken wuselten wild in seinem Gehirn. Was sollte er also wach im Bett liegen und womöglich auch noch Bettina um ihren Schlaf bringen. So hatte er sich weit vor der Zeit mit Keilof auf die Morgengassirunde gemacht, war pünktlich um sieben beim Netto vorbei und hatte dort bei Tewes frische Brötchen geholt, den Frühstückstisch gedeckt und die Kaffeemaschine angestellt. Der Duft des frischen Kaffees hatte anscheinend Bettinas Erwachen beschleunigt. Sichtlich verwirrt war sie in die Küche gekommen.

„Träume ich oder habe ich irgendwas verpasst? Was machst Du da?"

„Das nennt man Frühstück", war Pöltings vergnügte Antwort. „Ich konnte nicht mehr schlafen. Und Keilof hat den Spaziergang auch genossen."

Bettina hatte gelächelt, war an den Tisch gekommen, hatte Franjo einen Guten-Morgen-Kuss gegeben, sich gesetzt und sich von ihm einen Kaffee eingießen lassen.

„Ich finde, das könnten wir jetzt immer so machen", hatte sie gescherzt und er ihr zu bedenken gegeben, dass Keilof wahrscheinlich auch begeistert wäre, es langfristig aber vor allem nicht gut für seine Stimmung wäre, wenn das Nicht-schlafen-Können zum Dauerzustand werde.

Jetzt saß er an seinem Schreibtisch, und seine Stimmung war nicht gut, trotz des schönen Frühstücks. Feldmann und der Sheriff waren noch nicht da. So nutzte er die Zeit, um bei der Rechtsmedizin in Münster anzurufen.

„Hoffentlich ist sie schon im Haus", murmelte Pölting, als er die Nummer der Rechtsmedizin wählte.

Nach zwei Klingeltönen hörte er dann die vertraute Stimme von Katharina Steffens, Oberärztin am Rechtsmedizinischen Institut der Uni Münster, die die Obduktion des kleinen Hoffschultenjungen durchgeführt hatte. Die beiden kannten sich schon aus Bielefelder Zeiten. Steffens war quasi die erste Adresse für ostwestfälische Leichen.

„Hier, Dr. Steffens, guten Morgen."

„Guten Morgen, Frau Doktor, hier ist Hauptkommissar Pölting aus Paderborn."

„Oh, Herr Hauptkommissar, herzlichen Glückwunsch zur Beförderung."

„Danke, danke, Frau Doktor." Dr. Steffens nette Art hob auch Pöltings Laune ein wenig. „Aber wegen der Glückwünsche rufe ich nicht an."

„Das habe ich mir fast gedacht. Wenn Sie aus Paderborn anrufen, geht es wahrscheinlich um den kleinen Jungen, den ich Montag dort auf den Tisch bekommen habe. Richtig?"

„Ja, richtig. Und? Können Sie schon mehr sagen als in Ihrem vorläufigen Bericht?"

„Ja sicher, zum Beispiel, dass Sie Glück haben, dass Sie noch mit mir über den Jungen reden dürfen."

„Wieso das?", fragte Pölting verwirrt.

„Professor Börne wollte sich den Jungen unter den Nagel reißen."

„Und?"

„Ich hab ihm gesagt, dass er sowieso keine Chance hat, mit einem Kind vom Schützenplatz ins Fernsehen zu kommen."

„Und das hat gereicht?"

„Ich glaube, vor allem das Wort Schützen hat ihn zurückschrecken lassen."

„Das freut mich doch. – Jetzt aber zu dem kleinen Jungen. Haben Sie ihn inzwischen genauer untersucht."

„Ja, sicher", antwortete Dr. Steffens, allerdings nicht mehr in dem bisher freundlichen Glückwunschton. „Aber ich weiß nicht, ob Ihnen das Ergebnis wirklich weiterhilft."

„Dann schießen Sie mal los!"

„Schießen ist gut", bemerkte Frau Doktor amüsiert, um dann doch wieder sachlich weiterzureden: „Also, das Kind ist von sechs Kugeln getroffen worden, alle von rechts."

„Ja, das war auch die Info vom Notarzt, fünf in den Körper und eine in den Hals. Stand ja auch in Ihrem ersten Bericht."

„Das ist auch so korrekt. Eine Kugel hat den Jungen an der Halsschlagader getroffen. Der Treffer war aber vermutlich nicht der tödliche, obwohl die Wunde wahrscheinlich stark geblutet hat. Zwei Kugeln sind erst durch den Arm und dann in den Brustkorb eingeschlagen und haben dabei zwei Rippen getroffen, waren also auch nicht tödlich. Eine Kugel ist in den Unterleib eingedrungen und hat die Leber getroffen, dürfte aber auch nicht für den Tod verantwortlich sein."

„Jetzt machen Sie es mal nicht so spannend", unterbrach Pölting ungeduldig. „Eine der Kugeln wird ihn doch umgebracht haben. Und wenn es nicht die am Hals war, war er dann schon vorher tot?"

„Dann hätte er nicht mehr so viel Blut verloren. Aber Sie haben die Auswahl. Die Kugeln fünf und sechs sind beide am rechten Arm vorbei in den Brustkorb eingedrungen und haben die Aorta durchschlagen. Die eine ist dann an einer Rippe hängen geblieben, und die andere steckte im linken Arm. Beide haben dafür gesorgt, dass der Junge vor allem innerlich verblutet ist."

„Dann ist er ganz langsam verblutet?", fragte Pölting erschrocken nach.

„Nein, nicht sehr langsam. Nach den Aortentreffern vermutlich recht schnell. Und wenn ich das richtig verstanden habe, war der Junge ja auf dem Kugelfang so festgebunden, dass der Kopf oben war."

„Das stimmt."

„Dann war er binnen kürzester Zeit bewusstlos, weil das Gehirn nicht mehr mit Blut versorgt worden ist."

„Nach einem der Schüsse in die Aorta."

„Richtig."

„Das heißt: Die Kugeln, die die Aorta getroffen haben, die waren letzten, und er hat minutenlang gelitten?"

„Nein, Pölting", korrigierte ihn Frau Doktor, „wenn Sie Ihren Bericht im Kopf hätten, wüssten Sie, dass zumindest der Schuss, der die Halsschlagader perforiert hat, schon früh gefallen sein muss."

„Wieso?"

Pölting war verwirrt. Er hatte den Bericht doch im Kopf, auch wenn Feldmann ihn geschrieben hatte.

„Ich habe Ihren Bericht ja hier auf dem Schirm", fuhr Dr. Steffens fort. „Hier steht: ‚Nach dem 24. Schuss des Tages entdeckten die Schützen beim Blick durch ein Fernglas einen roten Fleck. 12 Schuss später war der Fleck größer geworden.'

Wenn aber nach dem 24. Schuss das Holz des Kugelfangs einen ersten Fleck hatte, dann muss der Schuss, der die Halsschlagader getroffen hat, schon einige Minuten vorher gefallen sein. So schnell ist das Blut nicht."

„Aber Sie haben doch gesagt, dass der Schuss in den Hals vermutlich nicht tödlich war", warf Pölting ein.

„Ja, weil die durchschossene Aorta zu viel schnellerem Ausbluten führt. Aber die Mangeldurchblutung des Gehirns durch die Verletzung der Halsschlagader dürfte recht schnell zur Ohnmacht geführt haben."

Pölting atmete einmal tief durch. Diese Antwort war irgendwie beruhigend. Der Gedanke, dass der Junge lange hatte leiden müssen, war genau der, der ihn die ganze Nacht gequält hatte.

„Danke für die Info. Sie sind ein Engel, Frau Doktor."

„Wieso? Ich habe doch den Jungen nicht wieder lebendig gemacht", kam die freundliche Antwort.

„Nein, aber es beruhigt mich, dass er wohl wenigstens nicht lange hat leiden müssen, jetzt mal abgesehen von den Stunden, die er da oben gehangen hat, bevor das Vogelschießen los ging."

„Ja, der Gedanke ist fürchterlich", seufzte jetzt auch Dr. Steffens. „So ein ekelhafter Mord ist mir auch noch nicht untergekommen."

„Das stimmt. Da muss man sich erst von Bielefeld nach Paderborn versetzen lassen, um so etwas zu erleben." Pölting hatte offensichtlich seinen Humor wiedergefunden. „Gibt es sonst noch irgendwelche Auffälligkeiten?"

„Ja. Keine."

„Wie? Ja, keine."

„Nichts. Ich habe keine Hämatome gefunden, jetzt mal abgesehen von den Stellen, an denen er am Kugelfang festgebunden war. Ich meine, es muss ihn doch einer festgehalten haben, um ihn zu fesseln, und dabei auch fest zugepackt haben. Und das hinterlässt eigentlich immer Spuren."

„Ich hätte das Kind betäubt, wenn ich es leise hätte entführen wollen."

„Habe ich auch gedacht. Aber der toxikologische Befund ist negativ."

„Also keine Betäubung."

„Nein. Ziemlich sicher nicht."

Pölting überlegte, was es für Möglichkeiten gibt, jemanden fest zu packen, ohne dass man dabei Druckspuren hinterlässt.

„Was ist?", kam vom anderen Ende der Leitung.

„Ich überlege."

„Das höre ich."

„Was ist", kleidete Pölting seinen Gedanken jetzt in Worte, „wenn ich dicke Fausthandschuhe trage, wenn ich den Jungen packe? Sie kennen doch diese Fäustlinge aus Schaffell, die Wolle nach innen und außen das Leder? Die sind doch so weich, dass sie kaum Druckspuren hinterlassen dürften."

„Hochachtung Pölting. Das könnte funktionieren. Also ehrlich: Ich glaube, Ihnen möchte ich nicht als Opfer in die Hände fallen."

„Da brauchen Sie auch keine Angst haben", gab Pölting zurück. „Ich bin glücklich verheiratet."

„Sie Glücklicher. Das passiert ja nicht so häufig bei der Kripo."

„Ausnahmen bestätigen die Regel", konterte Pölting fröhlich diesen Seitenhieb. „Aber jetzt zurück zu den Toten. Können Sie noch mal schauen, ob Sie Faserspuren oder Ähnliches von Handschuhen finden?"

„Ja, sicher. Und sollte ich etwas finden, melde ich mich umgehend."

„Das ist schön. Machen Sie's gut, Frau Doktor."

„Aber sicher doch, Herr Hauptkommissar."

24

Das Leben auf Hoffschultens Hof war ein anderes geworden. Nichts war mehr wie zuvor. Da, wo vor drei Tagen das pralle Leben noch auf den Königsschuss gewartet hatte, war jetzt fast nur noch Stille. Es schien, als sei jedes unnötige Wort fehl am Platz. Die Einzige, die einigermaßen im Normalbetrieb zu laufen schien, war Gertrud. Sie hielt den Laden jetzt zusammen.

Hoffschultens Hermann hielt unterdessen den Laden am Laufen. Und solange die Arbeit zu schaffen war, übernahm Hermann gerne alles. Es lenkte ihn einfach ab. Und Ablenkung tat jetzt mehr als gut.

Bernd und Anita waren zum Frühstück zu Gertrud heruntergekommen. Hermann kümmerte sich schon um die Tiere. Er machte das alleine, denn mit Bernd war zurzeit nichts anzufangen. Er hätte beim Melken vermutlich eher Milch in die Kuh hineingepumpt, so bedenklich war sein Zustand. Anita ging es auch nicht besser. Die beiden waren ein Ausbund an Leere. An sich hatten sie keine Lust, zu frühstücken. Aber Gertrud bestand darauf, und ihr zu widersprechen, war sinnlos. So saßen die beiden jetzt auf der Küchenbank und Gertrud schenkte ihnen Kaffee ein und schmierte ihnen Frühstücksbrote, so wie man sie sonst nur kleinen Kindern schmiert. Brav aßen sie schweigend die ihnen servierten Bütterken. Jämmerlich dürfte die beste Beschreibung für den Anblick sein, den sie dabei boten.

Plötzlich durchbrach Bernd das Schweigen: „Ich hab beschlossen, einen Elektromotor an die Vogelstange zu montieren."

Anita starrte ihn erschrocken an, und auch Gertrud unterbrach verstört ihre Küchenarbeit, schaute ihn kopfschüttelnd an.

„Was willst Du?", fragte Anita ungläubig.

„Einen Motor an die Vogelstange schrauben", antwortete Bernd ruhig.

„Gerdchen liegt noch bei der Gerichtsmedizin im Kühlschrank, und Du denkst schon wieder an Deine scheiß Vogelstange. Sag mal, tickst Du noch frisch?"

So aufgebracht hatte Bernd seine Anita noch nie erlebt. Ruhig versuchte er, ihr sein Vorhaben zu erklären.

„Pass auf. Ich will nicht mehr, dass noch mal einer einfach mit der Kurbel den Kugelfang hoch und runter machen kann. Und in der Werkstatt hab ich noch einen alten Förderbandmotor liegen. Der passt."

„Du kannst doch nich einfach'n Motor da dran schrauben", mischte Gertrud sich ein. „Da musst du jawohl erst ma den Schützenvorstand fragen."

„Denen werde ich schon klarmachen, dass das richtig ist so." Bernd trank seinen Kaffee aus, stand auf und ging.

„Jetzt renn doch nicht weg", rief Anita ihm wehmütig hinterher. Doch er verschwand grußlos, während Anita vergeblich nach Worten suchte, ihn aufzuhalten.

„Lass ne ma", versuchte Gertrud sie zu beruhigen. „Mit den kannste getz sowieso nix anfangen. Der setzt sich gleich wieder auf seine Bank am Kamp und guckt Löcher inne Luft. Komm, trink noch'n Kaffee!"

„Aber der kann doch jetzt nicht den ganzen Tag nur da sitzen. Das hat er gestern doch schon gemacht."

„Das hatter früher chanz oft chemacht, immer wenn er was hatte zun Drüber- Nachdenken. Deshalb ist das vielleicht chanz chut, wenner sich getz'n Kopp über seinen ollen Motor macht."

„Er könnte sich doch besser um den Hof kümmern. Das muss Hermann jetzt ganz alleine machen."

„Wenn er ihn braucht, wird er ihn schon Bescheid sagen", nickte Gertrud lächelnd. „Wann willst Du denn wieder los zun Arbeiten? Täte Dir doch auch chanz chut."

„Ja, sicher." Anita wusste, dass Gertrud recht hatte, und der Gedanke an die Arbeit und die Kolleginnen auf der Station erzeugten fast einen Anflug von Wohlsein, für das aber noch kein Platz da war. „Aber bevor der Kleine nicht unter der Erde ist, kann ich hier nicht weg."

„Musst Du ja auch nich."

Gertrud lächelte sie bei dem Satz liebevoll und mitleidig an. Und dieses warme Lächeln ließ es Anita ein klein wenig besser gehen.

25

Franjo Pölting hatte Klaus Feldmann und den Sheriff nach Sennelager geschickt. Sie sollten Guzzi-Fuzzis Schrauberbude unter die Lupe nehmen, die er in der Bielefelder Straße in einem Hinterhausschuppen betrieb. Pölting selbst war auf dem Weg nach Bielefeld, um sich bei der Kriminaltechnik dort den Kugelfang genauer anzusehen und zu hören, was die Spezis so herausgefunden hatten. Als er die Halle der Kriminaltechnik betrat, waren die Holzinnereien des Kugelfangs schon fein säuberlich auf den Hallenboden verteilt.

„Guten Tag, die Herrschaften", grüßte Pölting laut in den Raum. „Wer ist denn für mein Schmuckstück hier zuständig?"

„Ich bin der Glückliche, Franjo."

Der Rückrufer war Kommissar Borgmeier, der von seinem Schreibtisch an der Hallenwand aufstand und zu Pölting herüber kam. In seinem Blaumann sah er aus wie ein Autoschrauber oder Schlosser. Aber er war ein leidenschaftlicher Kriminaltechniker. So schön wie er hätte kein anderer die Teile des Kugelfangs im Raum drapiert.

„Schieß los, Herbert. Was will uns dieses Kunstwerk sagen?"

„Ne Menge, Franjo, ne Menge. Zunächst mal: Das war saubere Arbeit. Dass er die hintere Stahlplatte zwischen den U-Eisen für die Aufhängung entfernt hat, habt ihr ja schon vor Ort festgestellt . Aber: Der Mann hat sauber gearbeitet."

„Wieso Mann?"

„Weil Frauen am Kugelfang nichts zu suchen haben."

„Deine Ansichten über Frauen beeindrucken mich immer wieder", bemerkte Pölting kopfschüttelnd.

„Ist aber auch egal", tat Borgmeier seine Bemerkung ab. „Auf jeden Fall hat der Täter die Stahlplatte, an der der Vogel normalerweise festgeschraubt ist, durch eine Hartfaserplatte ersetzt. Die Hartfaserplatte selbst hat er dann beim Streichen noch ein bisschen mit Dreck verschmiert, damit die sehr glatte Oberfläche nicht auffällt."

„Aber an einer Hartfaserplatte kannst Du doch keinen Vogel festschrauben", wandte Pölting ein.

„War auch nicht nötig. Denn jetzt kommt's, die Beplankung: Das sind erstmal elf Eichenbohlen, 40 Millimeter dick und schön pass aneinandergesetzt, damit kein Geschoss zwischen den Bohlen durchgehen kann, und quer darüber weichere Fichtendielen, 20 Millimeter dick. An den Fichtendielen waren keine Auffälligkeiten, außer dass sie durch den Beschuss sehr gelitten haben. Aber die Eichenbohlen sind interessant. Wie gesagt: Das sind elf Stück. Und aus den zwei Bohlen über und den zweien unter der Mittelbohle hat er jeweils gut fünfzig Zentimeter rausgeschnitten."

„Das leuchtet ein. Er brauchte ja ein Loch, wo die Kugeln durch können. Aber –. " Pölting überlegte kurz. „Aber wieso hat er die mittlere Bohle nicht rausgesägt?"

„Weil da die Schraube drinsitzt, auf der der Vogel befestigt wird." Borgmeier deutete auf die Mittelbohle. „Siehst Du das?"

„Klar."

„Und jetzt kommt das, was die Bohlen interessant macht." Borgmeier nahm einen der kurzen Abschnitte in die Hand, um sie Pölting zu zeigen. „Siehst Du den Sägeschnitt?"

„Ich würde sagen: Ist ein bisschen schief."

„Genau. Die Bohlen sind nämlich mit einer Stichsäge aufgschnitten worden."

„Bist Du Dir da sicher?"

„Ja, pass auf! Es gibt verschiedene Möglichkeiten, so eine Eichenbohle aufzuschneiden. Fuchsschwanz oder Laubsäge schließe ich einfach mal aus. Es gibt aber noch Kreissäge, Bandsäge, Bügelsäge und Stichsäge. Bei einer Kreissäge liegt die Bohle auf dem Sägetisch auf. Der Schnitt ist also gerade und senkrecht und die Sägespuren kreisförmig."

„Und bei einer Handkreissäge?"

„Die setzt Du auf dem Holz auf. Der Schnitt wird also auch senkrecht und gerade. Anders bei der Bandsäge: Der Schnitt ist auf jeden Fall senkrecht, vielleicht krumm, und auch die Sägespuren sind senkrecht. Bei der Bügelsäge bekommst Du schräge Sägespuren. Das alles findest Du hier nicht. Dieser Sägeschnitt hier ist sowohl krumm als auch schief, und das bei senkrechten Sägespuren. Das bekommst Du nur mit einer Stichsäge hin."

Pölting lächelte Borgmeier an.

„Herbert, Du bist gut. Jetzt weiß ich, wonach ich auf jeden Fall suchen muss. Was würde ich nur ohne Dich machen?"

„Wahrscheinlich nach einer Kreissäge suchen."

„Gibt es sonst noch irgendwas, was vielleicht ein bisschen weiterhilft?"

Borgmeier schaute auf den zerlegten Kugelfang und überlegte.

„Es ist egal", fuhr Pölting fort, „auch wenn es Dir vielleicht nicht so wichtig erscheint. Vielleicht löst es ja bei mir etwas aus."

„Gut. Ich denke mal laut: Das ganze Holz ist relativ frisch."

„Ich weiß. Gut ein Jahr."

„Das passt. Denn die Eichenbohlen haben relativ wenige Einschüsse. Wobei die am meisten beschossenen Teile natürlich rausgetrennt sind, bis auf die Mittelbohle. Bei den Fichtendielen ist das einfacher. Da würde ich sagen: Die haben ihr zweites Schützenfest hinter sich."

„Das wissen wir."

„Ja, das passt auch. Weil, ein Teil der Durchschüsse ist hinten ausgerissen, weil die Eichenbohlen als Widerlager fehlten, und die anderen sind vorne wie hinten glatt. Es war also noch was dahinter."

Pölting überlegte.

„Was ist?"

„Der Kugelfang ist letztes Jahr im Frühjahr renoviert worden."

„Das weißt Du sicher?"

„Ja, das haben die beiden erzählt."

„Wer?", fragte Borgmeier erstaunt.

„Der Vater und der Patenonkel."

„Von dem kleinen Jungen?"

„Ja. Die beiden sind für die Instandhaltung des Kugelfangs zuständig."

Jetzt entglitten Borgmeier die Gesichtszüge. Leise entwich ihm ein „Ach du Scheiße".

„Ja."

„Franjo, weißt Du was?"

Borgmeier benahm sich so, als müsse er jetzt einen Ausweg finden.

„Was denn?"

„Ich lass das Ganze hier noch so liegen bis Montag. Dann ist Manni wieder da."

„Welcher Manni? Hab ich was verpasst?"

Pölting war ein Manni bei der KTU nicht bekannt, obwohl er hier doch ständig ein- und ausgegangen war.

„Manfred Schulte, den kennst Du doch."

Pölting musste lachen.

„Du meinst Fred. Sag das doch."

„Hier bei mir ist er Manni. Was Ihr aus ihm macht, ist mir egal."

„Und was kann Dein Manni, was Du nicht kannst?"

„Manni hat Adleraugen. Der sieht Sachen, die ahnst Du nicht mal. Ich glaube, der kann Dir sogar sagen, ob eine Fliege kurzsichtig ist oder weitsichtig. Den lass ich Montag mal mit den Hölzern hier allein."

Pölting war erstaunt. So, wie Borgmeier von seinem Mitstreiter sprach, war da eine riesige Portion Respekt und Bewunderung im Spiel.

„Und wieso erst Montag? Ich meine, wir haben gerade Mittwoch."

„Schon mal was von Urlaub gehört, Franjo?"

„Sicher. Habe ich bald."

„Ja?" Borgmeier huschte ein fieses Lächeln über sein Gesicht. „Dann beeil dich mal mit Deiner Leiche."

26

Kommissar Feldmann und der Sheriff fuhren auf den Hof von Guzzi Fuzzis Schrauberbude in der Bielefelder Straße. Das Werkstatttor stand auf. In der Mitte der Werkstatt stand auf einem auf einer kleinen Hebebühne festgeschraubten Montageständer das Fahrwerk einer weitgehend von allen Anbauten befreiten Guzzi. An der Werkbank war Guzzi Fuzzi mit der Aufarbeitung des Motors der aufgebockten Maschine beschäftigt.

„Guten Morgen, Herr Funke", grüßte Feldmann freundlich, als die beiden die Werkstatt betraten.

Fuzzi drehte sich um, um zu schauen, wer ihn da begrüßte.

„Guten Morgen, Herr Kommissar, was verschafft mir die Ehre?"

Der Sheriff war leicht verdattert. Erstens hatte er gar nicht gewusst, dass Fuzzi auch einen normalen Namen hatte. Zumindest war ihm der bis dato nicht bekannt. Und dann sah der auch noch so völlig fremd aus mit seinem Blaumann. Hätte er nicht beim Reinkommen sein Pferdeschwänzchen gesehen, er hätte ihn womöglich nicht sofort erkannt.

„Und der Sheriff ist auch da. Dann nehme ich mal an, Sie kommen wegen dem kleinen Jungen."

„Das stimmt", stellte Feldmann fest. „Wir haben ja die Liste vom Dorfwirt, die Sie ihm geholfen haben, zusammenzustellen."

„Ja, er konnte sich ja auch nur schwach erinnern. Seine Prinzenwürde ist ihm ja schwer auf die Leber geschlagen."

„Gut. Laut Liste haben Sie und drei weitere von Ihren Bikerfreunden von Sonntag auf Montag in Strunkeln übernachtet."

„Herr Kommissar." Fuzzi lehnte sich an die Werkbank und verschränkte demonstrativ die Arme. „Ich habe auf dem Schützenfest gezapft, wie Sie ja vielleicht vom Sheriff erfahren haben. Ich zapfe da von morgens bis in die Frühe des nächsten Tages durch. Da werden Sie wohl verstehen, dass ich dann nicht zum Schlafen nach Sennelager fahre, oder?"

„Und die anderen?"

„Wir haben Willi, den Zepterprinzen gefeiert. Und besoffen mit dem Bock nach Hause fahren, kommt bei den Bullen nicht gut an. Das sollten Sie doch wissen."

„Und Sie haben natürlich alle die ganze Nacht fest geschlafen?", fragte Feldmann mit einem leicht süffisanten Unterton.

„Hören Sie: Wenn ich da nachts den Zapfhahn hoch mache, dann bin ich so tot, dass ich mich aufs Bett knalle und ratz fatz weg bin. Und wenn Sie auf die anderen drei anspielen, die waren so voll, dass sie meiner Meinung nach sicher nicht die Vogelstange heile hochgekommen wären. Gut, das Kind entführen hätte vielleicht geklappt. Die hätten es alle einmal angehaucht und es wäre ins Koma gefallen."

„Hör'n Sie mal, verarschen kann ich mich selber." Feldmann gefiel dieser Spruch überhaupt nicht. „Und das mit dem Kind ist nichts, worüber man sich lustig macht."

„Herr Kommissar, kommen Sie mal wieder runter. Ich weiß ja, dass Sie stinkig sind, weil Sie mir gerne was ans Zeug flicken würden, aber leider nichts finden. Wenn Sie aber ernsthaft nach einem Kindsmörder suchen, dann versichere ich Ihnen, dass Sie bei mir und den Jungs aber sowas von daneben liegen."

„Und was ist mit dem Wirt?"

„Willi? Der war so fertig, dass er schon um zwölf die Segel gestrichen hat."

„Als Festwirt?"

„Er hat ja mich."

„Und Sie regeln dann alles?"

„Worauf Sie einen lassen können, Herr Kommissar."

Während Feldmann vergeblich versuchte, Guzzi Fuzzi auf den Zahn zu fühlen, inspizierte der Sheriff die Werkstatt, und er war beeindruckt. Er konnte sich nicht erinnern, schon einmal eine so aufgeräumte Werkstatt gesehen zu haben. Hier hatte nicht nur alles seinen Platz, es war auch dort. Es wunderte den Sheriff nicht, dass jeder, der diese Werkstatt betrat, dem Schrauber Fuzzi Respekt entgegenbrachte. Diese Werkstatt weckte Vertrauen. Wer sein Motorrad hierhin brachte, wusste, dass es in besten Händen war. Und ein Techniker, der seinen Laden so in Schuss hielt, wäre wohl auch in der Lage, einen Kugelfang so zu präparieren, dass es niemandem auffiel. Allerdings waren Fuzzis Einlassungen gegenüber Feldmann durchaus schlüssig. Und dass Lüttmanns Willi am Sonntagabend nicht mehr ganz alleine war, daran konnte selbst er sich noch schwach erinnern.

„Nun, gut, Herr Funke, dann wollen wir mal wieder", beendete Feldmann das Verhör. „Ich denke, Sie hören noch von uns."

„Da geh ich mal von aus, Herr Kommissar. Und tut mir leid, dass ich Ihren Jagdtrieb nicht befriedigen konnte", antwortete Fuzzi breit lächelnd.

Feldmann hätte ihm jetzt eine reinhauen können, so provozierend wie Fuzzi ihn angrinste. Aber er hatte keine Lust, sich in einem Bericht für diesen Schlag rechtfertigen zu müssen.

„Komm, Sheriff, wir fahren."

„Alles klar. Und viel Spaß beim Schrauben, Fuzzi."

„Werde ich haben. Danke, Sheriff."

„Wieso bist Du so nett zu dem?", wollte Feldmann auf dem Weg zum Wagen wissen.

„Weil er mir nichts getan hat und weil ich auch nicht glaube, dass er etwas mit dem Mord zu tun hat. Was er sagt, ist schlüssig. Und: Willi zum Beispiel war voll."

„Du hast Recht. Was er sagt, wird schwer zu widerlegen sein. Aber er ist ein Arsch."

27

Pölting hatte sich inzwischen ins Labor der Kriminaltechnik aufgemacht. Hier waren die Kleidungsstücke des kleinen Jungen gelandet, und er erhoffte sich, dass sie dort vielleicht Hinweise finden könnten, die seiner Idee von den Fäustlingshandschuhen Nahrung gäben. Im Labor empfing ihn Petra Schmücker. Sie freute sich, Franjo wiederzusehen. Sie hatte schon mehrfach ein Auge auf ihn geworfen, auch wenn sie nur zwei, allerdings auch strahlende hatte, vor allem, wenn Pölting in der Nähe war. Der hatte ihr auch schon mehrfach erklärt, dass er äußerst glücklich verheiratet sei, was sie aber nicht beeindruckt hatte. Sie schien da amoristisch bedingt beratungsresistent.

Pölting begrüßte sie denn auch vorsorglich mit den Worten: „Hallo Petra, ich will nichts von Dir … außer Informationen."

Breit lächelnd kam die Antwort: „Weiß ich doch, Franjo."

„Hast du irgendwas an der Kleidung des Jungen gefunden?"

„Nichts, was nicht sonst auch im Haus zu finden gewesen wäre, also keine Fremdspuren."

„Pass auf! Ich habe vorhin mit der Rechtsmedizin gesprochen. Die haben keine Hämatome gefunden, also keine Spuren von Gewaltanwendung. Deshalb hatte ich die Idee, dass der Täter so Schaffellhandschuhe angehabt haben könnte. Kennst Du die? So, innen Fell und außen Leder."

„Ja."

„Kannst Du nach Spuren davon suchen?"

„Kann ich", antwortete Schmücker fast gelangweilt, „aber ich werde nichts finden."

„Wieso nicht?", fragte Pölting erstaunt.

„Weil ich halt schon gründlich gesucht habe."

„Tust Du mir den Gefallen, und guckst trotzdem noch mal?", bettelte Franjo fast.

„Mach ich."

„Danke Petra. Und meld Dich, wenn Du was hast."

„War's das schon?". kam die enttäuschte Nachfrage.

„Ja, Du weißt doch: Meine liebe Frau wartet jetzt zu Hause auf mich", antwortete Pölting breit grinsend.

„Na, dann mach's gut, Franjo."

„Mach ich. Du auch."

28

Hoffschultens Bernd saß auf seiner Bank am Kamp. Wo auch sonst? Aber es saß dort nicht so lethargisch, wie noch am Vortag. Sein Hirn arbeitete jetzt wieder auf Volldampf. Er überlegte, wie er die Welle des Förderbandmotors umbauen müsste, wie die Verkabelung aussehen müsste. Auf der Welle würde er einfach den abgesägten Kurbelstutzen festschrauben. Das waren einfach zwei Bohrungen in die Hülse, Gewinde reinschneiden, auf die Welle schieben, festschrauben und fertig. Und für die Verkabelung brauchte er einen Schalter an der Vogelstange für Rechtslauf und Linkslauf. Der musste in ein abschließbares Kästchen. Das würde er einfach zusammenschweißen. Und dann könnte er ein langes Kraftstromkabel durch das Bachbett der Strunkel verlegen bis zu seiner Werkstatt, die gleich neben der Remise lag. Das waren keine hundert Meter. Das Geld, was das Kabel kostete, war der Umbau wert. Dann musste er nur noch mit einem Bohrloch durch die Werkstattwand, dort einen Schalter anbringen, mit dem er den Strom kappen konnte. Danach galt es nur noch, eine Verbindung zur Unterverteilung für die Werkstatt zu legen. Am Donnerstagabend würde er den Schützenvorstand von seiner Idee überzeugen. Aber auch das alles sollte kein Problem sein.

Bernd lächelte. Das erste Mal seit Montag früh.

29

Die drei von der Mordstelle saßen zu Mittag im Kaufland beim Chinesen und ließen sich dort von Vietnamesen Thai-Gerichte servieren. Sie waren zufrieden. Denn für den Preis, den sie hier für ein Essen nahmen, konnte man wirklich nicht meckern. Gut, Feldmann monierte, dass er unter „scharf" etwas anderes verstehe. Aber Pölting belehrte ihn, dass er halt nicht beim Inder sei. Und zudem habe er doch was mit Rindfleisch bestellt. Und das gäbe es beim Inder schon mal gar nicht. Währenddessen gab der Sheriff seinem Essen mit dem Salzstreuer Geschmacksnachhilfe.

Die drei waren zufrieden, obwohl doch ihre vormittäglichen Ausflüge keine befriedigenden Ergebnisse gebracht hatten. So machten sie sich denn gesättigt zurück auf den Weg ins Bullenkloster, um dort zu überlegen, wie sie weiter vorgehen sollten. Pölting lieferte seinen Bericht von der KTU, dass das Ergebnis bei der Untersuchung der Kleidung des Jungen total negativ sei und dass bei der Untersuchung des Kugelfangs eigentlich nur eins vielleicht weiterhelfen könnte: dass die Eichenbohlen, aus denen Teile rausgetrennt worden seien, mit einer Stichsäge zersägt worden seien.

„Dann scheidet Guzzi Fuzzi schon mal aus", stellte der Sheriff fest.

„Wieso?", fragte Pölting verwirrt.

„Weil dem seine Werkstatt so was von aufgeräumt ist. Das glaubst du nicht. Da hat jedes Werkzeug seinen akkuraten Platz. So was von aufgeräumt habe ich noch nie gesehen. Und eine Stichsäge gibt es da definitiv nicht. Die wäre mir sofort aufgefallen, weil die da überhaupt nicht reinpasst."

„Vielleicht hat er ja noch einen Hobbykeller", warf Feldmann ein.

„Das stimmt!"

„Das ist schön. Dann sind wir wieder bei null. Das ist ja beruhigend", merkte Pölting frustriert an.

„Nicht ganz", gab Feldmann zu bedenken, „wir haben ja nur festgestellt, dass Fuzzi keine Stichsäge hat. Der Wirt hat doch bestimmt eine."

„Der war besoffen", stellte der Sheriff fest.

„Am Sonntag. Aber nicht, als der Kugelfang manipuliert wurde."

Es verbreitete sich ein nachdenkliches Schweigen, dass der Sheriff mit der Feststellung beendete: „Irgendwie drehen wir uns im Kreis."

„O. K.", fuhr Pölting nach einer längeren Pause fort, „lasst uns gleich nach Strunkeln fahren und uns auf dem Hof umsehen."

„Und was willst Du da finden?", fragte Feldmann und verzog dabei skeptisch den Mund.

„Ich weiß es nicht. Aber ich habe das Gefühl, dass wir irgendetwas übersehen haben." Pölting wirkte, als elektrisiere ihn plötzlich etwas. „Man kann doch so ein kleines Kind nicht entführen, ohne Spuren zu hinterlassen."

30

„Guten Tag, Frau Hoffschulte, dürfen wir Sie noch mal stören?", begrüßte Pölting. Anita, die ihnen die Haustür geöffnet hatte. Anscheinend hatte sie am Fenster darauf gewartet, dass endlich irgendetwas passierte.

„Ja, kommen Sie doch rein", antwortete sie freundlich. Sie schien sich wirklich zu freuen, die Polizisten zu sehen. „Womit kann ich Ihnen helfen?"

„Wir wollen uns noch mal in Ruhe hier im Haus umsehen, ob wir vielleicht irgendetwas übersehen haben, das uns weiterhelfen kann."

„Ja, machen Sie das."

„Haben Sie im Kinderzimmer schon aufgeräumt?", wollte Feldmann wissen.

„Nein, ich traue mich da noch gar nicht rein."

Man sah Anita an, dass ihr das alles sehr naheging.

„Das ist gut." Pölting lächelte sie bei den Worten an. „Dann nehmen wir uns das Zimmer noch mal vor."

Während Pölting und Feldmann Anita nach oben folgten, nutzte der Sheriff die Zeit, um noch mal in Ruhe mit Gertrud zu reden. Er klopfte an die Küchentür, und auf Gertruds „Herein" betrat er die Küche und setzte sich an den Küchentisch.

„Na, Gertrud, wie sieht's aus?"

„Ach, Dieter, es is verrückt. – Willste'n Kaffe?"

„Ja. – Was ist verrückt?“

Gertrud goss ihm einen Kaffee ein und nahm sich auch eine Tasse. „Milch? Zucker?“

„Nee, schwatt.“

Sie kam mit den beiden Tassen an den Tisch und setzte sich zu ihm. Es tat ihr gut, endlich mal wieder einen Menschen um sich zu haben, mit dem sie normal reden konnte.

„Die beiden laufen durche Chegend, wie zwei Chespenster. Mit die kanns Du wirklich nix anfangen.“

„Aber der Hof läuft doch weiter. Die Arbeit muss doch gemacht werden.“

„Dat macht Hermann alles. Ich bin froh, dat er damit den chanzen Tach zu tun hat. Sons würd der wohl auch noch rumspinnen.“

„Wieso rumspinnen?“

Der Sheriff sah Gertrud an, als könne sie ihm etwas Hilfreiches verraten. Nebenbei nahm er einen Schluck Kaffee.

„Lecker.“

„Ach.“ Sie machte eine abwinkende Handbewegung. „Der Bernd spinnt total rum.“

Die Aussage verblüffte den Sheriff. Er kannte Hoffschultens Bernd nur als abgeklärten, taffen Kerl, der immer für alles eine Lösung parat hatte. Und der sollte jetzt spinnen. Das machte ihn nachdenklich.

„Wieso spinnt der?“

„Du kenns ihn doch. Der sitzt die chanze Zeit auf seine Bank am Kamp oben und macht sich’n Kopp. Und dann kommt da son wirres Zeug raus.“

„Was für wirres Zeug?“

„Na, heute bein Frühstück fing er damit an, dass er getz irgend ’n alten Motor an die Vogelstange anbauen will, damit keiner mehr mitter Kurbel den Kugelfang hoch- und runtermachen kann.“

„Und wozu soll das gut sein?"

„Dat keiner mehr anner Vogelstange wat anstellen kann, sacht er."

„Aber das muss er doch erst mal mit dem Schützenvorstand besprechen."

„Dat hab ich ihn auch chesacht. Aber er meinte, die würd er schon überzeugen. Und ich hab nur chedacht: Lass ne ma machen. Hatter was zu tun."

„Womit Du Recht haben dürftest, Gertrud." Der Sheriff atmete tief durch. „Aber den Sinn dieser Vorrichtung mit dem Motor versteh ich nicht."

„Kanns ihn ja ma fragen."

„Wo isser denn? Auf seiner Bank?"

„Nee, seit heut Mittag isser in seine Werkstatt und sucht sich die Klotten zusammen, die er für seinen Motor braucht."

„Das ist gut. Dann werden wir ihm gleich mal einen Besuch abstatten, wenn die beiden oben fertig sind." Der Sheriff nahm einen kräftigen Schluck aus seiner Tasse. „Haste noch einen für mich?"

„Sicher." Gertrud stand auf, um die Kanne zu holen.

In dem Moment klopfte es und die Kommissare kamen herein.

„Na, die Herren, auch'n Kaffe?"

„Ja, gerne", war die unisono Antwort der beiden. Sie setzten sich zum Sheriff an den Tisch, Gertrud holte ihnen zwei Tassen und schenkte ein.

„Milch und Zucker?"

„Ja, gerne", antwortete Feldmann, und Gertrud stellte noch den Zuckerpott und ein Milchkännchen dazu. Feldmann bediente sich ebenfalls.

„Und?", fragte der Sheriff neugierig.

„Nichts." Pölting nahm einen vorsichtigen Schluck aus der Tasse. „Rein gar nichts. Es ist wie verhext. – Und hier? Hast Du was erfahren?"

„Ja", setzte der Sheriff an, „Gertrud hat mir gerade verraten, dass Bernd einen Motor an der Vogelstange anbauen will."

„Und warum?"

Sowohl Pölting als auch Feldmann blickten ihn an, als müsse jetzt gefälligst mehr Info kommen.

„Das fragen wir ihn am besten selbst. Gertrud sagt, er ist in der Werkstatt und bereitet wohl schon alles vor."

„Hat er Ihnen gesagt, wieso er den Motor da anbauen will?", fragte Feldmann jetzt direkt Gertrud.

„Hab ich Dieter schon chesacht: dat keiner mehr anne Vogelstange wat anstellen kann. Sacht er. – Aber mal ne andere Frage." Sie setzte sich wieder an den Tisch. „Wann können wir den Kleinen denn beerdigen? Dat Anita dreht mir durch."

„Das hat mich Ihre Schwiegertochter auch schon gefragt gerade", antwortete Pölting. „Ich habe ihr versprochen, dass ich den Staatsanwalt bitte, den Leichnam so schnell wie möglich freizugeben. Das sollte kein Problem sein."

„Dat ist schön", bedankte sich Gertrud.

Pölting nahm einen letzten Schluck aus seiner Tasse.

„So, dann wollen wir mal Ihren Sohn interviewen. – Und danke für den Kaffee."

Auch die andern beiden tranken brav aus und verabschiedeten sich. Sie gingen schräg über den Hof zur Werkstatt, voran der Sheriff, der sich auskannte und wusste, wo sie Hoffschultens Bernd finden würden. Als sie die Werkstatt, die am Ende des Stallgebäudes, direkt neben der Remise lag, betraten, war Bernd gerade dabei, aus einem Fundus von Altmetall passende Teile für seine Windenkonstruktion zusammenzusuchen. Pölting musste grinsen, als er das sah. Das war typisch Bauer: Nur nichts wegschmeißen. Man kann nie wissen, wofür man es noch mal gebrauchen kann.

„Guten Tag, Herr Hoffschulte“, grüßte Pölting höflich.

Bernd erschrak. Er hatte die drei nicht kommen gehört. Zu sehr war er in seine Umbaupläne für die Winde vertieft.

„Guten Tag, die Herren. Hallo Sheriff. Sind Sie schon weitergekommen?“

„Nicht wirklich. Aber deswegen sind wir auch hier“, antwortete Pölting. „Ihre Mutter hat uns gesagt, dass Sie einen Motor an die Vogelstange bauen wollen.“

„Aber deswegen sind Sie doch nicht gekommen?“

„Nein, aber wir würden schon gerne erfahren, warum Sie da einen Motor anbauen wollen.“

„Damit in Zukunft keiner mehr einfach an den Kugelfang rankommt. Hier in die Werkstatt kommt ein Schalter. Und wenn der ausgeschaltet ist, dann ist der Motor tot. Verstehen Sie?“

„Sie legen dann ein Kabel rüber bis zur Vogelstange?“, fragte Feldmann nach.

„Ja.“

„Ziemlich viel Aufwand.“

„Das ist mir egal.“

Bernd wollte diese Kritik anscheinend nicht hören.

„Was sagt denn der Oberst dazu?“, wollte der Sherif wissen.

„Mit dem Schützenvorstand rede ich morgen Abend. Die werden schon ja sagen.“

„Na gut. Aber das soll uns jetzt nicht interessieren“, unterbrach Pölting diese Unterhaltung. „Sie haben uns Montag erzählt, dass Sie und Herr Menzel für den Kugelfang zuständig sind.“

„Ja, das stimmt."

„Und Sie haben letztes Jahr das ganze Holz erneuert?"

„Ja, wir haben den Kugelfang ganz neu aufgebaut", erklärte Bernd, „weil er so nicht mehr zugelassen war."

„Was heißt das?", fragte Pölting nach.

„Nun, früher waren im Kugelfang einfach zwei Kanthölzer angeschraubt und darauf kam 'ne dicke Spanplatte mit einem Loch für die Schraube, auf der der Vogel fixiert wird, und fertig. Und die Rückplatte mit der Schraube wurde halt zwischendurch ausgewechselt, wenn sie zu sehr unter dem Beschuss gelitten hatte."

„Die Rückplatte hat die Kugeln aufgefangen?", wollte Feldmann wissen. „Hab ich das richtig verstanden?"

„Ja. Und dann kam halt 'ne Auflage, dass der Kugelfang so aufgebaut sein muss, dass die Kugeln im Holz stecken bleiben. Deshalb haben wir ihn abgenommen und komplett überholt."

„Wann?"

Bernd musste nachdenken. „Mitte April, mein ich. – Ja, Mitte April kommt hin."

„Mitte April haben Sie den Kugelfang also abgenommen", wiederholte Pölting.

„Ja."

„Und dann?"

„Dann haben wir ihn hier in der Remise abgestellt, um ihn aufzuarbeiten."

„Wo haben Sie ihn abgestellt?". wollte Feldmann wissen.

„Ich zeig's Ihnen. Kommen Sie!"

Bernd verließ die Werkstatt und ging nach nebenan unter die offene Remise, die sich an das Stallgebäude mit der Werkstatt anschloss, und die Polizisten folgten ihm.

„Hier!"

Er zeigte auf eine freie Stelle direkt bei der Werkstattwand.

„Und für wie lange stand der Kugelfang hier?", hakte Feldmann nach.

„Ne Woche vorm Schützenfest haben wir ihn wieder aufgehängt."

„Und in der Zeit konnte jeder an den Kugelfang ran?"

„Ja. Wenn er auf den Hof gekommen ist, konnt er auch an den Kugelfang." Bernd zuckte mit den Schultern. „Ich kann die Remise doch nicht abschließen."

„Ich nehme mal an, dass Sie die Arbeiten am Kugelfang auch alle hier draußen ausgeführt haben", schloss Pölting die Befragung ab.

„Ja."

„Gut. Vielen Dank erst mal für die Informationen, Herr Hoffschulte. Und wenn wir noch Fragen haben –."

„Kommen Sie einfach vorbei. Ich lauf ja nicht weg."

„Machen wir."

Pölting gab Bernd zum Abschied einen aufmunternden Klaps auf die Schulter. Feldmann gab ihm die Hand.

„Machen Sie's gut, Herr Hoffschulte."

Schließlich nahm der Sheriff seinen Nachbarn zum Abschied in den Arm.

„Kopf hoch, Alter. Wir kriegen das hin."

„Macht mal", seufzte Bernd.

31

„Herr Pölting“, empfing Kriminaldirektor Haberkamp seinen neuen Chefermittler bei dessen Report, „so haben Sie sich Ihren Einstand hier in Paderborn auch nicht vorgestellt, oder? – Setzen Sie sich!“

Pölting setzte sich an den Besprechungstisch im Büro des Kripochefs.

„Na ja, die erste Woche war ja entspannt“, antwortete er lächelnd.

„Dafür kriegen Sie es jetzt aber knüppeldick.“

„Das stimmt.“

„Sind Sie denn schon weitergekommen? Sie können sich ja wahrscheinlich vorstellen, dass hier alle mit den Hufen scharren, wann wir endlich mit ersten Ergebnissen kommen.“

„Davon kommen die Ergebnisse aber auch nicht schneller.“

„Das weiß ich, Pölting. Haben wir denn schon was?“

Haberkamps Blick verriet, dass auch er gerne von Fortschritten erfahren würde.

Pölting wiegte abwägend mit dem Kopf hin und her. „

Nun, wenigstens wissen wir, wie der Kugelfang manipuliert wurde.“

„Und?“

„Na ja, der oder die Täter haben die stählerne Rückplatte des Kugelfangs gegen eine Hartfaserplatte ausgetauscht.“

„Das wussten wir ja schon."

„Ja, aber zusätzlich wurden auch Teile der darunter liegenden Eichenbeplankung entfernt. Dadurch wurde der Kugelfang erst durchlässig."

Haberkamp schaute skeptisch.

„Dann müssen wir wohl davon ausgehen, dass die Tat sorgfältig geplant war."

„Sehr sorgfältig", korrigierte Pölting. „Wir haben überhaupt keine verwertbaren Spuren bisher."

„Ich meine, so einen Kugelfang so zu manipulieren, ist doch recht aufwändig, oder?"

„Ja, wenn es letztes Jahr passiert wäre, hätte ich gesagt: Es war Zeit genug und Gelegenheit."

„Wieso?"

„Da stand der Kugelfang für sieben Wochen bei Hoffschultes in der Remise, um ihn aufzuarbeiten."

„Hoffschulte?"

Haberkamp stutzte.

„Der Vater."

„Ach so."

„Er und der Schütze, sein bester Freund, die beiden sind für den Kugelfang zuständig. Und die beiden haben den Kugelfang im letzten Jahr wohl komplett neu aufgebaut, um ihn sicherer zu machen."

Der Kripo-Chef schüttelte den Kopf. „Das glaube ich nicht."

„Ist aber so", bestätigte Pölting. „Es ist wirklich verrückt."

„Und was ist mit dem Jungen?"

„Nichts. Keine Spuren von Gewalt, jetzt abgesehen von den Spuren durch die Fesseln und natürlich die Schüsse."

„Unglaublich!", entfuhr es Haberkamp.

„Noch was", merkte Pölting an.

„Ja?"

„Können Sie sich darum kümmern, dass der Junge schnell freigegeben wird? Ich hab's der Familie versprochen."

„Ist die Gerichtsmedizin denn fertig?"

„Ich denke schon. Ich habe heute Morgen mit ihr telefoniert und sie gebeten, noch mal nach Faserspuren zu suchen, aber keine Rückmeldung gekriegt. Von daher denke ich, da kommt auch nichts mehr."

„Gut, Pölting, ich kümmere mich darum."

Pölting stand auf.

„Danke, Chef."

„Nicht dafür. – Einen schönen Feierabend noch."

„Den kann ich brauchen. Aber morgen ist ja auch noch Feiertag."

32

Diesen Donnerstag war Hochbetrieb bei Lüttmanns. Nicht, dass an Fronleichnam sonst nichts los wäre. Es war ja langes Wochenende, also Ausflugszeit und eine der ersten Hochzeiten für ausgedehnte Bikerausflüge. Aber an diesem Donnerstag schienen auch viele aufzutauchen, die die Berichterstattung in der Zeitung und bei Radio Hochstift mitbekommen hatten, und natürlich auch die Aufreißermeldungen im Boulevardfernsehen. Und selbst in der Bild-Zeitung hatte es Strunkeln ja auf die erste Seite geschafft.

Lüttmanns Willi war sichtlich zufrieden. Die anderen Dorfbewohner aber waren ob der Gaffermassen eher genervt. Aber was sollten sie machen?

Gegen Abend wurde es dann wieder ruhiger. An der Theke versammelten sich die üblichen Verdächtigen, und im Clubraum tagte der Schützenvorstand, um zu beraten, wie es weitergehen soll nach dem abgebrochenen Schützenfest und ohne König. Als plötzlich Hoffschultens Bernd in der Kneipentür erschien, machte sich eine betretene Stille im Schankraum breit.

Nur Willi durchbrach diese direkt mit der Frage: „Bernd, schön, Dich zu sehen. Kann ich Dir helfen?"

„Nein, ich will nur kurz rein zum Vorstand", war die knappe Antwort und schon verschwand er im Clubraum.

Die dort anwesenden Schützen waren nicht weniger irritiert. Nach einer kurzen Verblüffungspause ergriff der Oberst das Wort: „Bernd. Was gibt's?"

„Ich mach's ganz kurz", antwortete Bernd. „Ich möchte die Vogelstange umbauen und brauche dafür eure Zustimmung."

„Was willst Du denn da umbauen?", fragte verblüfft Anton Doppmeier, der Schießmeister. Auch die anderen Vorstandsmitglieder schienen nicht weniger verblüfft.

„Ich will einen Elektromotor an die Winde bauen, damit kein Unbefugter mehr den Kugelfang vereinheitlichen kann."

„Und wie willst Du das anstellen?", hakte der Schießmeister nach.

„Ich lege von der Winde bis in meine Werkstatt ein Kabel. Da kommt dann ein Schalter hin, und wenn ich den ausschalte, dann ist der Motor tot und keiner kann was damit anstellen."

„Aber das kostet doch alles unnötig Geld", wandte der Oberst ein.

„Das soll euer Problem nicht sein. Den Motor habe ich noch rumliegen. Wie ich ihn festmache, weiß ich auch schon. Das Einzige, das was kostet, ist das Kabel. Und das zahle ich auch gerne, wenn ihr mich nur machen lasst."

Nach dieser Einlassung Bernds entstand in der Runde ein unschlüssiges Schweigen. Es schien, als würde keiner die Notwendigkeit dieser Umrüstung verstehen, aber auch keiner Bernd in seiner jetzigen Situation etwas ausschlagen wollen. Der Oberst schaute sich in der Runde um und las wohl genau das aus den ratlosen Gesichtern.

„Ich mach mal einen Vorschlag", hob er dann an. „Wenn Bernd meint, dass er das hinkriegt, was ich, wie ich ihn kenne, auch nicht bezweifele, und wenn uns das nichts kostet, warum sollten wir ihm den Wunsch, vor allem gerade jetzt, verwehren?"

Der Oberst blickte noch mal in die Runde und stellte fest, dass er den richtigen Ton getroffen hatte.

„Ist jemand dagegen, dass Bernd die Vogelstange umbaut?"

Niemand erhob Einspruch.

„Gut, Bernd, dann mach mal."

Bernd war sichtlich erleichtert und verabschiedete sich mit einem: „Danke."

33

Der Fronleichnamstag war für Pölting ein Tag bester Erholung gewesen. Schon früh hatte er sich mit Bettina und natürlich auch mit Keilof auf den Weg nach Ringelstein gemacht, um sich bei einer ausgiebigen Wanderung durch den Ringelsteiner Wald den Kopf freizulaufen. Stundenlang waren sie unterwegs. Das Wetter hatte es gut mit ihnen gemeint. Den ganzen Tag schien ihnen die Sonne, ohne aber zu nerven. Denn die hohen Bäume waren natürlich der beste Sonnenschutz, den man bei einer Wanderung nur haben kann. Natürlich war auch Keilof begeistert. Für ihn war er wahrscheinlich der ‚best day of the year', denn er durfte stundenlang ohne Leine durch den Wald stromern. Und Franjo und Bettina genossen diese Wanderungen ja ohnehin. Zum Schluss hatten sie sich in der Waldschenke noch ein leckeres Essen gegönnt, um anschließend glücklich und zufrieden wieder nach Hause zu fahren.

Jetzt saß Pölting an seinem Schreibtisch und genoss die Ruhe im Büro. Denn Feldmann und der Sheriff hatten sich für den Brückentag Urlaub genommen. Und so konnte er in Ruhe in die Tasten hauen, um die bisherigen Ermittlungsergebnisse zusammenzufassen. Auch er hätte sich natürlich diesen Brückentag nehmen können. Aber er hätte sich dabei nicht wohlgefühlt. Denn was wäre, wenn sich plötzlich irgendetwas Unerwartetes einstellen würde, und er wäre nicht erreichbar. Und der Schreibkram wollte ja auch erledigt werden. Zum Mittagessen war er die 400 Meter zu seinem Lieblingsgriechen in die Ouzeria Aphrodite gegangen, den er auch mit Bettina öfter aufsuchte, um dort lecker Essen zu gehen. Jetzt hatte er sich Leber vom Grill bestellt mit Reis, Zaziki und Bauernsalat und dazu, wie es sich beim Griechen gehört, einen Retsina getrunken, der lustigerweise fast so viel kostete wie das ganze Mittagsmahl inklusive Service-Ouzo. Zufrieden hatte er sich wieder an seinen Schreibtisch begeben, seinen Bericht noch mal überflogen, als plötzlich das Telefon klingelte.

Am andern Ende der Leitung war Herbert Borgmeier, der Kriminaltechniker, und er klang, als hätte er irgendwas genommen: „Franjo, hör mal, Du musst unbedingt vorbeikommen."

„Was ist denn los?"

„Manni war gerade da."

„Ich denke, der hat Urlaub", warf Pölting ein.

„Ja, aber ich habe ihn Mittwoch noch angerufen. Und dann ist er vorhin kurz vorbeigekommen."

„Du holst den wegen diesem scheiß Kugelfang aus dem Urlaub?"

„War doch nur Urlaub für Schützenfest. Und das ist Mittwoch doch wohl vorbei."

Pölting musste schmunzeln. „Na, dann geht's ja."

„Ja, und Manni hat was total Interessantes entdeckt." Borgmeier schien wie elektrisiert.

„Erzähl", bettelte Pölting jetzt, der spürte, dass das jetzt das war, was er auf keinen Fall verpassen wollte und weswegen er gerne auf seinen Brückentag verzichtet hatte.

Du musst vorbeikommen und Dir das ansehen. Du wirst staunen."

Pölting platzte jetzt fast vor Neugier. Aber er kannte Herbert Borgmeier und wusste, dass der seinen Triumpf nur live preisgeben wollte.

„O. K., ich komm rüber. Bis gleich."

„Bis gleich, Franjo."

34

Dass Borgmeier Pölting bei dessen Eintreffen nicht mit Champagner empfing, um seinen Erfolg zu feiern, überraschte nicht. Denn er war sparsam. Andere behaupteten, er sei schlicht geizig. Er war halt Lipper. Davon ab wäre es natürlich an Pölting gewesen, Belohnungen zu verteilen. Aber der war einfach nur neugierig auf das, was Borgmeier ihm versprochen hatte.

„Schieß los!"

„Also, pass auf", fing der mit großem Gestus an.

Pölting wusste, dass der liebe Herbert gerne Erwartungshaltungen aufbaute. Er war ein begnadeter und berüchtigter Erzähler. Aber jetzt machte er ihn nervös, weil er scheinbar nicht zu Potte kommen wollte.

„Erzähl!"

„Siehst Du diese kleine Kerbe da?" Borgmeier zeigte auf eine der unzerteilten Bohlen.

„Ja. Was ist das?"

„Eine klitztekleine Spur von einem Sägeschnitt."

Pölting war jetzt sichtlich genervt ob des Frage- und Antwortspiels seines Kollegen. „Jetzt erklär mir einfach, was das bedeutet", blaffte er ihn an.

„O. K, O. K.", beschwichtigte Borgmeier, „diese Spur verrät, dass der Täter die Bohlen zum Zersägen nicht ausgebaut hat, sondern sie im Kugelfang durchtrennt hat."

„Sicher?"

„Ziemlich sicher. – Und jetzt kommt's!"

„Was?"

„Der Täter hat die Bohlen zwar durchgesägt, aber nicht entfernt."

„Wie kommst du darauf?"

Jetzt wurde Pölting richtig neugierig. Denn das passte nicht in den Tatablauf, wie er ihn sich vorstellte.

„Nicht ich. Manni. Siehst Du das?"

Borgmeier zeigte mit dem Finger auf eine ca. einen Zentimeter lange Vertiefung an der Sägekannte einer der Bohlen.

„Ja."

„Und was meinst Du, könnte das sein?"

„Der Abdruck eines Projektils?"

„Sehr gut, Franjo. Aber wieso ist der nur einen Zentimeter lang?" Borgmeier zog fragend die Augenbrauen hoch.

„Ich weiß es nicht." Pölting wusste es wirklich nicht, aber Borgmeier.

Er zeigte jetzt auf einen ähnlichen, aber nur fünf Millimeter langen Abdruck an der Längsseite einer Bohle.

„Und was ist das?"

„Auch ein Einschuss."

Dieses Spielchen nervte Pölting zusehends.

„Genau. Und hier ist der Gegenabdruck." Er zeigte auf die Seite der daneben liegenden Bohle. „Der Schütze hat genau die Fuge getroffen. Nur dass die Bohlen press aneinanderlagen. Und bei dem Abdruck an der Stirnseite der Bohle muss es auch ein Gegenholz gegeben haben."

„Was willst Du damit sagen?", fragte Pölting sichtlich verwirrt.

„Dass sich auch die herausgetrennten Bohlenstücke ziemlich sicher zunächst beim Vogelschießen noch im Kugelfang befanden. Sonst wäre das Geschoss abgelenkt worden und hätte nur eine leichte Spur hinterlassen."

„Aber von Sonntag auf Montag den Kugelfang aufzumachen, um dann die Bohlenstücke zu entfernen, wäre doch viel zu aufwändig gewesen. Das schafft man doch gar nicht unbemerkt."

„Davon gehe ich auch aus."

„Und was heißt das jetzt?", fragte Pölting ratlos.

„Das rauszukriegen, ist Deine Aufgabe."

35

Hoffschultens Bernd hatte gleich am Freitag losgelegt. Direkt nach dem Frühstück war er nach Paderborn gefahren, um das passende Kabel und einen Schalter für die Abzweigung in der Werkstatt zu kaufen. Dann hatte er sofort begonnen.

Zunächst trennte er die Ansatzhülse von der Kurbel, um sie anschließend auf der Motorwelle zu fixieren. Die Motorhalterungen hatte er am Donnerstag schon vorbereitet. Dann musste er ein Verlängerungskabel bis zur Vogelstange ziehen, damit er dort Laschen anschweißen konnte, an denen er den Motor festschrauben wollte. Zusätzlich befestigte er noch eine klappbare Abdeckung für den Motorschalter, um diesen zusätzlich mit einem Schloss zu sichern.

Unterbrochen wurden die Arbeiten nur durch Gertruds Rufe zum Essen, denen er sich nicht entziehen konnte und wohl auch nicht mochte. Dann kam er in die Küche, setzte sich an den Tisch, aß schweigend das Essen, das Gertrud ihnen servierte, und verschwand wieder. Anita, aber auch Hermann und Gertrud saßen dann ratlos da und schauten ihm mitleidig hinterher.

„Lass ne ma. Wenn er dat fertig hat, wird er schon wieder runterkommen“, versuchte Gertrud schon mal, etwas zur Beruhigung loszuwerden.

Aber auch ihre Bemühungen fruchteten nicht wirklich.

Anita ging dann nach dem Essen meist wieder nach oben und beobachtete Bernds Treiben ab und zu kopfschüttelnd von ihrem Küchenfenster aus. Er erschien ihr in seinem Tatendrang völlig befremdlich, fast krankhaft. Den Rest der Zeit saß sie oder lag sie wechselweise auf dem Sofa und war vornehmlich damit beschäftigt, Löcher in die Luft zu starren.

Am Samstagnachmittag erschien dann erstmals nach dem Schützenfest Gerd Menzel in der Öffentlichkeit. Er war am Dienstagmorgen zum Arzt gegangen, und der hatte dem völlig Verstörten ein paar Medikamente zur Beruhigung verschrieben, mit denen Gerd sich dann auch die ganze Woche erfolgreich vollgestopft hatte. Natürlich hatte er von Bernds Aktion erfahren und sich nun endlich aufraffen können, sich das Ganze aus der Nähe anzuschauen.

Der war gerade dabei, den Motor an das Kabel, das er durch die Strunkel bis an die Vogelstange verlegt hatte, anzuschließen, als Gerd dort auftauchte.

„Hallo Bernd."

Der Angesprochene erschrak, als er die Stimme seines Freundes hörte. Er hatte mit allem gerechnet, aber nicht damit, dass Gerd wie aus dem Nichts plötzlich auftauchte.

„Hi, Gerd, wie geht's?"

„Scheiße. Und Dir?"

„Ich habe zu tun. Das hilft", antwortete Bernd, ohne dabei seine Arbeit zu unterbrechen.

„Und was soll das helfen?" Gerd deutete mit dem Finger auf den Motor.

„Dass keiner mehr was anstellen kann hier."

„Gerdchen ist tot. Was soll da noch wer anstellen?"

Jetzt erst unterbrach Bernd seine Tätigkeit, schaute zu Gerd hoch, der direkt vor ihm stand, schaute ihm lange in seine tiefliegenden Augen und antwortete dann fast unhörbar: „Ist doch egal."

Gerd senkte den Blick, verharrte nachdenklich einen Moment, bis ihm ein langgedehntes „Ja – stimmt" über die Lippen kam. Er wandte sich ab und verschwand so leise, wie er aufgetaucht war. Bernd schaute ihm nach, bis er hinter der Ecke von Lüttmanns verschwunden war und wandte sich still wieder seiner Elektrik zu.

36

Die Sonne stand hoch am Sintfeldhimmel. Es war ein herrlicher Frühsommersonntag. Bei Lüttmanns viel los. Die Zahl der Neugierigen, die das vermeintliche Horrordorf besuchten und die zusätzlich zu den normalen Ausflugsgästen und Bikern auftauchten, schien nicht nachzulassen. Auch im Biergarten waren keine freien Plätze mehr zu bekommen.

Zum Glück war Hoffschultens Bernd mit seinem Vogelstangenumbau am Vorabend fertig geworden. Auf diese Zuschauer konnte er gerne verzichten. Deshalb hatte er sich nach dem Mittagessen auch wieder auf seine Bank am Kamp zurückgezogen. Hier war er der Zuschauer. Von hier oben aus konnte er das sonntägliche Treiben bei Lüttmanns, das Kommen und Fahren der Biker beobachten. Ab und zu tauchten höchstens mal ein paar Wanderer auf. Ansonsten war er mit sich und seinen Problemen alleine. Und das war gut so. Den ganzen Nachmittag saß er fast reglos da und wartete offenbar nur darauf, dass dieser Tag endlich zu Ende ging. Erst als der Besucherstrom bei Lüttmanns versiegte, machte er sich auf den Heimweg.

37

Als Pölting am Montag gegen viertel vor acht ins Büro kam, saß Feldmann schon am Schreibtisch und tippte einen Bericht.

„Schon fleißig, Klaus?", fragte er amüsiert. „War Dir das Wochenende zu lang?"

„Nein, aber ich will den Bericht fertig kriegen über unseren Hausbesuch bei Guzzi Fuzzi. Ordnung muss ja sein."

„Sehr vorbildlich, Herr Kommissar." Pölting lehnte sich in seinem Stuhl zurück. „Aber ich denke, Fuzzi können wir von der Liste der Verdächtigen streichen."

„Wieso das?" Feldmann schaute überrascht zu ihm rüber. „Habe ich was verpasst?"

„Ja, hast Du. Ich war Freitag noch mal bei der KTU in Bielefeld. Und die haben etwas sehr Interessantes entdeckt."

Feldmann beugte sich auf dem Schreibtisch vor. „Erzähl!"

„Der Kugelfang ist ja manipuliert."

„Du meinst die Hartfaserplatte?"

„Die auch. Aber es fehlen ja auch vier Stücke aus den Eichenbohlen."

„Ja."

Jetzt beugte sich auch Pölting vor, um seinen Gedanken mehr Gewicht zu verleihen. „Aber die vier Stücke fehlten nicht von Anfang an."

„Was heißt das?"

„Sie waren zwar rausgetrennt, aber nicht entfernt worden. Man kann bei einem Schnitt im Stirnholz ganz genau einen Geschossabdruck sehen, der nur so entstanden sein kann, wenn das Gegenstück noch da war."

„Das heißt also, dass der Kugelfang schon länger präpariert war", schloss Feldmann.

„Genau. Wahrscheinlich schon, als er letztes Jahr vor dem Schützenfest sieben Wochen bei den Hoffschultes in der Remise gestanden hat."

„Aber da haben ihn die beiden Freunde doch komplett neu aufgebaut."

„Das stimmt. Aber wann?"

„Wie, wann?"

„Nun, Klaus, wir müssen rauskriegen, wann die beiden den Kugelfang umgebaut haben und wie lange er anschließend noch zugänglich rumgestanden hat."

„Und wer Zugang hatte, ohne dabei groß aufzufallen."

„Das auch."

Mitten in die Gedanken der beiden klingelte Pöltings Handy. Er zog es aus der Tasche, warf einen Blick auf das Display und nahm ab.

„Sheriff, was ist? Willst du heute nicht ins Büro kommen?" Pölting freute sich an seiner Frage.

„Nein, ich bin noch in Strunkeln. Und ihr gleich auch."

„Was?"

„Was?", fragte jetzt auch Feldmann, der merkte, dass da was nicht stimmte.

„Warte, ich stelle auf laut. – So, was gibt's?"

„Hoffschultens Bernd –. " Der Sheriff machte nach dem Namen eine Pause.

„Was ist mit dem?"

„Er hat sich aufgehängt."

„Was?" Pölting und Feldmann sahen sich an, als glaubten sie nicht, was sie da gerade gehört hatten.

Der Sheriff wiederholte noch einmal: „Er hat sich aufgehängt, heute Nacht, an der Vogelstange. Lüttmanns Willi hat ihn vorhin entdeckt und mich angerufen. Ich hab fast schon im Auto gesessen und bin dann gleich hier hin."

„Gut. – Nein, nicht gut", korrigierte sich Pölting, „hast Du sonst schon wen informiert?"

„Nein."

„O. K., wir machen das von hier. Du weißt ja, was Du zu tun hast. Bis gleich."

Pölting griff automatisch zum Telefonhörer, während er Feldmann Anweisungen gab: „Klaus, setz alles in Bewegung, Notarzt, SpuSi und so weiter. Ich rufe den Staatsanwalt an. Der wird sich freuen."

Während Feldmann losging, um den Einsatz zu organisieren, wählte Pölting die Nummer von Oberstaatsanwalt Baumgarten. Es dauerte eine Weile. Dann meldete sich eine Frauenstimme: „Staatsanwaltschaft Paderborn. Mein Name ist Rensing."

„Guten Morgen, Frau Rensing", fiel Pölting ihr ins Wort, „hier ist Hauptkommissar Pölting von der Mordkommission. Ist der Oberstaatsanwalt nicht im Haus?"

„Nein, der ist noch nicht da. Kann ich ihm was ausrichten?"

„Ja, sagen Sie ihm, dass wir einen zweiten Toten in Strunkeln haben. Er soll mich bitte zurückrufen. Aber ich bin dann jetzt unterwegs. Er soll mich auf dem Handy anrufen."

„Das ist ja schrecklich." Die Stimme am anderen Ende stockte kurz. Dann fuhr sie fort: „Ich werde ihm direkt Bescheid sagen, wenn er reinkommt."

„Danke, Frau Rensing und auf Wiederhören." Pölting legte auf, ohne ihre Verabschiedung abzuwarten. Dann rief er direkt Kripo-Chef Haberkamp an und informierte ihn über die neue Lage.

Inzwischen hatte Feldmann seine Mission beendet und kam zurück ins Büro. Pölting saß zurückgelehnt in seinem Bürostuhl und blickte nachdenklich vor sich hin.

„Was meinst Du", unterbrach Feldmann seine Gedanken, „wieso hat er sich umgebracht?"

„Ich frage mich, wieso er am Mittwoch noch einen Motor an die Winde der Vogelstange bauen will, wenn er sich dann vier Tage später aufhängt?"

„Du meinst, der hängt da nicht freiwillig?"

Pölting sah Feldmann ernst an.

„Ich glaube bei diesem Fall alles! – Komm. Lass uns fahren."

38

Die Schützenwiese sah aus wie vor einer Woche. Wieder war alles mit Trassenband abgesperrt. Wieder liefen weißvermummte Gestalten um die Vogelstange herum, um Spuren zu sichern, und wieder lag ein Toter am Fuß der Vogelstange. Der Sheriff war zu den Hoffschultes hinübergegangen, nachdem die Spurensicherung eingetroffen war, um den dreien die Hiobsbotschaft zu überbringen. Jetzt saßen sie da am großen Küchentisch und schwiegen sich an. Nur ein vorfahrendes Auto durchbrach die gespenstische Stille.

Es waren die Kommissare, die ihren Wagen auf Hoffschultens Hof abstellten. Man hörte die zwei Fahrzeugtüren schlagen und danach, wie sich die Schritte der beiden in Richtung Schützenwiese entfernten. Sie gingen rüber zur Vogelstange und erfuhren dort von den Kollegen, dass der Sheriff bereits zu den Hoffschultes gegangen war. Also machten auch sie sich dorthin auf. Pölting klingelte an der Haustür und Gertrud stand auf, um die beiden hereinzulassen. Sie öffnete die Tür und begrüßte die zwei mit einem knappen: „Kommen se ma rein. Den Weg kennen se ja." Dann ging sie zurück in die Küche, ohne eine Grußerwiderung abzuwarten und setzte sich wieder. Pölting und Feldmann folgten ihr und setzten sich zunächst grußlos zu den anderen an den Tisch.

Nach einiger Zeit versuchte Pölting eine Begrüßung: „Guten Tag. – Und mein Beileid." Die Reaktion der Hoffschultes war gleich null, aber Pölting versuchte es vorsichtig weiter: „Sind Sie schon in der Lage, Fragen zu beantworten?"

Hermann schaute ihn entgeistert an. „Was für Fragen?"

„Nun, da gibt es einige."

Mehr als diese eine Gegenfrage Hermanns war von den Hoffschultes wohl derzeit nicht zu erwarten. Deshalb lenkte Pölting ein. „Frau Hoffschulte", wandte er sich jetzt direkt an Anita, „dürfen wir uns einmal in der Werkstatt Ihres Mannes umsehen?"

„Machen Sie, was Sie wollen. Es ist doch jetzt eh alles egal."

„Na ja, vielleicht auch nicht." Pölting versuchte ein Lächeln. Aber es gelang ihm nicht wirklich. Er stand auf. „Kollegen", gab er das Zeichen zum Aufbruch, um sich dann noch mal den Hoffschultes zuzuwenden: „Wir kommen dann später noch mal rein."

Auf dem Hof standen die drei Polizisten jetzt zusammen, um sich auszutauschen.

„Hab ich das richtig gesehen", fragte Feldmann, „hat der den Motor da tatsächlich noch angebaut?"

„Und nicht nur das", ergänzte der Sheriff. „Er hat das ganze Wochenende wie ein Verrückter damit verbracht, alles fertig zu kriegen. Und Samstagabend funktionierte dann auch alles."

„Das würde ja bedeuten", gab Feldmann zu bedenken, „dass er diesen ganzen Umbau nur deshalb betrieben hat, um sich selbst mit seiner Vorrichtung aufzuhängen. Warum sollte er das tun? – Franjo?"

Pölting schien sich gerade in seinen Gedanken verloren zu haben. „Was? – Warum er das tun sollte?" Er überlegte kurz, um dann mit einer Frage zu antworten: „Weil er sich bestrafen wollte?"

„Aber wofür?"

„Das müssen wir jetzt rauskriegen. Wir stellen hier alles auf den Kopf. Er ist der Schlüssel zum Täter. Da bin ich mir ziemlich sicher."

„Aber was willst Du hier finden?", wollte der Sheriff jetzt wissen.

„Ich weiß es noch nicht. Aber ich weiß, dass Bernd Hoffschulte nichts wegschmeißt, was man irgendwie noch verwerten kann. Erinnert ihr euch an den Schrottberg, aus dem er sich am Mittwoch die passenden Teile zusammengesucht hat? So einer hebt alles auf."

In diesem Moment klingelte Pöltings Handy. Er zog es aus der Tasche und warf einen Blick auf das Display. Es war der Staatsanwalt. Pölting nahm das Gespräch an und meldete sich: „Hier Pölting."

„Guten Tag, Herr Pölting. Baumgarten hier. Ich sollte Sie zurückrufen."

„Ja, Herr Oberstaatsanwalt, wir haben eine zweite Leiche."

„Das hat mir Frau Rensing gesagt. Und?"

„Es ist der Vater des toten Jungen."

„Was?" Baumgarten war hörbar geschockt.

„Ja, und es kommt noch schlimmer. Er hat sich vermutlich selbst erhängt. Aber die Umstände des Ganzen sind wirklich sehr mysteriös."

„Sie machen mir Angst, Pölting."

„Das ist keine Absicht, Herr Oberstaatsanwalt."

„Sagen Sie bitte Baumgarten und lassen Sie den Oberstaatsanwalt weg."

„Es ist trotzdem keine Absicht, Herr Baumgarten."

„Das beruhigt mich. Auch, dass Sie Ihren Humor dabei nicht verlieren."

„Was wir jetzt brauchen, ist ein Durchsuchungsbeschluss für den Hof der Hoffschultes."

„Warum das?" Baumgarten schien den Zusammenhang nicht zu verstehen.

„Bernd Hoffschulte hat letztes Wochenende die Vogelstange aufwändig umgebaut, und zwar anscheinend nur, um sich damit selbst aufhängen zu können."

„Sehr merkwürdig."

„Ja."

„Gut, ich kümmere mich gleich um den Beschluss. Bis später."

„Ja, bis später." Pölting legte auf und steckte das Handy wieder ein.

„Ihr habt ja ein gutes Verhältnis, alle Achtung", verteilte Feldmann ein Extralob an Pölting.

„Das ist auch gut so. Gerade jetzt."

„Du wolltest Dir noch die Werkstatt anschauen, Franjo", unterbrach der Sheriff die aufkeimende Lobhudelei.

„Sagen wir es so: Ich würde mir gerne anschauen, was Bernd Hoffschulte in den letzten drei Tagen alles gebaut hat."

„Dann fangen wir am besten bei der Vogelstange an und arbeiten uns dann bis zur Stromquelle vor", schlug Feldmann vor.

Der Vorschlag fand allgemeine Zustimmung. Und so machten sich die drei zur Vogelstange auf, begutachteten dort, wie Bernd den Motor angebaut hatte, verfolgten den Kabelverlauf im Bett der Strunkel bis hin zu der Stelle, an der das Kabel in der Rückwand der Werkstatt verschwand. Dann gingen sie in die Werkstatt und schauten sich den Anschluss dort an. Nichts sah danach aus, als sei es nur für den Moment verlegt. Die Kabelführung war ordentlich, das Kabel mit Kabelschellen an der Wand fixiert und auch den Schalter hatte er fest an der Wand montiert.

Warum bringt sich jemand um, der noch tags zuvor alles so penibel herrichtet? Das war die Frage, die sich den Ermittlern jetzt stellte.

39

Im Bullenkloster hatte es ein Stühlerücken gegeben. Nicht, dass jemand seinen Posten verloren hätte, aber Kripo-Chef Haberkamp hatte das Nachbarbüro freimachen lassen, um die Arbeit der Mordkommission effizienter gestalten zu können. Einer der beiden Schreibtische war rausgeräumt worden, der zweite für den Sheriff an die Seite geschoben. Zentralmöbel war nun ein großer Besprechungstisch, um den sich nach der Mittagspause alle versammelt hatten, auch Haberkamp und Oberstaatsanwalt Baumgarten.

Es galt, die neue Situation zu besprechen, vor allem natürlich, was als Nächstes zu tun war. Die Beklemmung, die der Tod von Hoffschultens Bernd, vor allem aber die Umstände des Todes ausgelöst hatten, war allen anzusehen.

„Können wir denn sicher sein, dass es Selbstmord war?“, fragte Baumgarten in die Runde.

„Die Spurensicherung hat an der Winde nur Fingerabdrücke des Toten gefunden“, erklärte Feldmann. Zur Bekräftigung seiner Aussage las er aus dem SpuSi-Bericht vor: „Auch auf den Schaltern befinden sich nur saubere Fingerabdrücke des Toten. Es muss also davon ausgegangen werden, dass er die Winde selbst in Gang gesetzt hat.“

„Herr Schmidt“, wandte ich der Oberstaatsanwalt jetzt an den Sheriff, „Sie kannten den Toten doch am besten.“

„Das hätte ich bis heute Morgen auch gedacht."

„Und jetzt?"

„Das Ganze ist mir völlig unverständlich. Ich hätte Bernd alles zugetraut, aber nicht, dass er sich umbringt. Der war so klar. Er hat alles immer genau geplant, durchdacht. Und plötzlich dreht der durch." Der Sheriff stockte kurz, um dann fortzufahren: „Das ist nicht der Bernd, den ich kenne."

„Wir müssen noch mal mit der ganzen Familie reden", übernahm Pölting das Wort, „am besten mit jedem einzeln. Und mit dem Freund, dem – "

„Gerd Menzel."

„Danke, Sheriff. Was ist überhaupt mit dem?"

„Der war die ganze Woche krankgeschrieben. Ich glaube, ab heute arbeitet er wieder."

„Wo?"

„Bei Wincor."

„Dann weiß er womöglich noch gar nichts von seinem toten Freund."

„Wenn Anita ihn nicht schon angerufen hat oder jemand anders aus seiner Familie."

„Hast Du die Telefonnummer, Sheriff?"

„Nein, aber die kann ich rauskriegen."

„Mach das. Und ruf ihn an. Er soll um fünf hier hinkommen."

„Mach ich."

„Meinen Sie, dass er was weiß?", wollte Kripo-Chef Haberkamp wissen.

„Er weiß auf jeden Fall mehr als wir. – Herr Baumgarten, wann bekommen wir den Durchsuchungsbeschluss?"

„Der sollte in einer Stunde auf Ihrem Schreibtisch liegen. Wieso? Wollen Sie da heute noch hin?"

„Ich will auf jeden Fall schon mal einen Blick auf den Schreibtisch werfen. Hoffschulte ist keiner, der was wegwirft. Das habe ich am Mittwoch in seiner Werkstatt gesehen. Und wenn es irgendeinen Hinweis gibt, dann sollten wir den dort finden."

„Wenn seine Frau nicht schon aufgeräumt hat", wandte Haberkamp ein.

„Frau Hoffschulte? Die war so fertig heute Morgen", beruhigte ihn Feldmann, „die räumt heute gar nichts mehr. Sie ist froh, dass sie lebt. – Oder auch nicht."

„Und was haben Sie weiter vor, Pölting?", wollte der Oberstaatsanwalt wissen.

„Ich denke, dass wir einen Trupp von der Spurensicherung brauchen, wenn wir den Durchsuchungsbeschluss haben."

„Den kriegen Sie doch gleich."

„Gut, wir werden den ganzen Hof absuchen: Werkstatt, Remise, Scheune, Stall, alles. Irgendetwas muss da sein, was uns auch zum Kugelfang führt. Ich hab das im Urin. Aber erstmal gucken wir, was uns der Schreibtisch verrät."

„Und was machen wir mit der Frau?", fragte der Kripo-Chef besorgt.

„Die ist bei ihrer Schwiegermutter in besten Händen. Und wenn sie wieder ansprechbar ist, werden wir sie hier vernehmen."

„Sie wollen sie vorladen?"

„Ja sicher. Hier hat sie mehr Abstand von dem Ganzen. – So. Und jetzt würde ich gerne zum Dören fahren, um zu erfahren, was Frau Dr. Steffens zu unserem Toten zu sagen hat."

„Und was machen wir mit der Presse?", fragte Oberstaatsanwalt Baumgarten freundlich provozierend.

Pölting lächelte zurück. „Schreiben Sie einfach die Wahrheit: dass sich der Vater erhängt hat, weil sein Sohn umgebracht worden ist."

40

Der Sektionsraum auf dem Dören war nicht sehr einladend. Aber welcher Raum auf einem Friedhof ist das schon? Selbst die Kapelle lädt in der Regel nicht zum Verweilen ein. Dieser Raum jedoch mit den leicht zu reinigenden Edelstahlmöbeln und dem Sektionstisch in der Mitte war noch einmal etwas abweisender. Dr. Steffens saß an dem kleinen Schreibtisch am Kopfende des Raums vor ihrem Laptop und war dabei, ihren Bericht abzufassen.

„Tag, Frau Doktor, willkommen in Paderborn zum zweiten Mal."

„Ich hoffe, Sie wollen daraus keine Serie machen, Pölting. – Guten Tag."

„Ich verspreche lieber nichts."

„Das klingt nicht gut."

„Ist auch nicht schön. – Was sagt uns denn unser Angeseilter?"

„Pölting, ich bewundere Sie, dass Sie bei all dem immer noch Ihren Humor bewahren."

„Das ist das Einzige, was wirklich hilft, Frau Doktor."

„Das stimmt. – Also, es sieht wirklich alles so aus, als hätte er sich tatsächlich mit Hilfe der Winde langsam hochgezogen und sich so stranguliert."

„Also kein Genickbruch oder so?"

„Nein, dafür zieht die Winde viel zu langsam."

„Dann ist er erstickt?"

„Nein, das dauert zu lange. Nein, das Seil schnürt die Halsschlagadern ab, das Gehirn wird nicht mehr durchblutet und aus die Maus."

„Sie schließen also Fremdeinwirkung aus?"

„So makellos, wie der Körper ansonsten aussieht, ja. – Gut, wir müssen noch den toxikologischen Befund abwarten. Aber meine Erfahrung sagt mir: Da kommt nichts mehr."

„Gut. Dann wünsche ich Ihnen eine angenehme Heimreise. Und grüßen Sie mir die B64."

„Vielen Dank, Pölting."

„Und denken Sie dran: Nicht über Telgte fahren."

„Wieso nicht?"

„Wenn Sie über Everswinkel fahren, sind Sie fast eine halbe Stunde schneller."

Dr. Steffens war verblüfft.

„Woher wissen Sie das?"

„Meine Frau kommt aus Münster. Deshalb kenn ich die Strecke wie meine Hosentasche."

„Danke für den Tipp. Ich werd's ausprobieren."

41

Der Durchsuchungsbeschluss lag wie versprochen auf seinem Schreibtisch, als Pölting ins Büro zurückkam. Er steckte ihn ein und winkte Feldmann mit der Hand herbei: „Komm, Klaus, ich erlöse Dich von den Berichten."

„Was hast Du so Eiliges vor?", wollte der wissen.

„Ich möchte mir heute auf jeden Fall noch Hoffschultes Schreibtisch ansehen."

„Heute noch?"

„Hör mal! Dies Kaff ist ein Pulverfass. Und ich will so schnell wie möglich die Lunte finden."

„Hey, hey, jetzt übertreiben Sie mal nicht, Herr Mordskommissar", monierte aus dem Nebenraum der Sheriff.

„Anwesende sind natürlich ausgenommen, Sheriff. – Und behandel mir Herrn Menzel gut, falls wir noch nicht zurück sind, wenn er kommt."

„Mach ich."

42

Als Feldmann und Pölting klingelten, öffnete ihnen Gertrud und begrüßte sie mit einem freundlichen: „Ach, Sie schon wieder. Wenn man von Teufel kürt, kommter cheschlürt."

„Sie werden uns doch nicht für Teufel halten?!", widersprach Pölting.

„Nee, aber Sie bringen immer die schlechten Nachrichten."

„Tut mir leid, Frau Hoffschulte. Aber das ist unser Job. Ist Ihre Schwiegertochter da?"

„Ja, dat sitzt inner Küche, kommen se rein."

Die beiden folgten Gertrud in die Küche. Anita saß dort am Tisch. Sie sah schon besser aus als am Morgen. Aber dieses besser war wirklich nur relativ.

Pölting setzte sich gar nicht erst.

„Frau Hoffschulte, wir würden uns gerne einmal den Schreibtisch Ihres Mannes ansehen. Geht das?"

„Was wollen Sie sich da denn ansehen?", fragte Anita verwirrt.

„Alles."

„Aber warum? Mein Mann ist tot. Was wollen Sie da noch suchen?" Man konnte förmlich spüren, wie die Erregtheit in Anita wieder aufstieg.

„Frau Hoffschulte ..." Pölting versuchte es in einem bewusst beruhigenden Ton. „Ich weiß, dass Sie jetzt total aufgewühlt sind. Ihr Mann ist tot. Ihr Kind ist vor einer Woche ermordet worden. Das ist grausam. Aber Sie wollen doch wissen, wer Ihr Kind umgebracht hat?"

„Ja!"

„Sehen Sie. Unser Problem ist jetzt, dass alle Spuren, die wir bisher haben, auf diesen Hof führen. Und weil wir nichts übersehen möchten, müssen wir deshalb hier auch alles untersuchen."

„Dürfen Sie dat denn einfach so?", fragte Gertrud dazwischen.

„Nein, dürfen wir nicht einfach so. Und deshalb haben wir einen richterlichen Beschluss, dass wir hier alles durchsuchen dürfen."

„Einen richterlichen Beschluss? Dann verdächtigen Sie meinen Mann?", fragte Anita erschrocken.

„Nein, aber wir möchten wissen, warum genau er sich umgebracht hat. Einen Abschiedsbrief hat er doch nicht hinterlassen, oder?"

„Weiß ich nicht. Ich habe noch keinen gesehen."

„Können wir dann also?"

„Ja, kommen Sie!" Anita stand auf, geleitete die beiden in die obere Wohnung und öffnete die Tür von Bernds Büro. „Hier!", zeigte sie auf den Schreibtisch.

„Danke, Frau Hoffschulte", antwortete Pölting freundlich. „Das wird ein bisschen dauern. Gehen Sie ruhig wieder runter zu Ihrer Schwiegermutter."

„Brauchen Sie mich denn nicht?"

„Nein, Frau Hoffschulte. Danke."

Anita ging wieder hinunter zu Gertrud und die Kommissare schlossen die Tür, um sich in Ruhe um das Büro kümmern zu können. Während Feldmann den Raum in Augenschein nahm, setzte sich Pölting an den Schreibtisch. Das vermittelte ihm das Gefühl, alles im Blick zu haben.

Auf den ersten Blick sah der Schreibtisch aus wie jeder andere Schreibtisch auch: ein Bildschirm, Tastatur, Maus. Eine Lampe natürlich. Ein Packen mit Post und, wie es schien, Rechnungen. Und dann lag da zu seiner Freude ein Wochenkalender wie von früher, aus Papier. Er blätterte und stellte fest, dass Bernd Hoffschulte anscheinend alle Termine, die ihm wichtig waren, eingetragen hatte.

„Guck mal, Klaus, der hat noch 'nen richtigen Kalender zum Eintragen! Find ich super!"

„Und wieso hast Du keinen, wenn Du den so toll findest?", kam die erstaunte Rückfrage.

„Weil das in unserem Job total unpraktisch ist zum Beispiel."

„Ja?"

„Ja, stell Dir vor, ich hätte da für heute um zwölf einen Friseurtermin eingetragen, und dann hängt sich morgens einer auf. Ist doch Scheiße."

„Du hast völlig Recht", kam die schmunzelnde Retoure, „wenn du einen Friseurtermin auf einen Montag legst, dann ist so ein Kalender auch nichts für Dich."

„Danke, Herr Klugscheißer. Das war auch nur ein Beispiel."

„Ja, aber ein gutes. Denn es erklärt deine Frisur." Feldmann grinste breit bei dieser Bemerkung.

Pölting trug die Haare tatsächlich etwas länger. Aber Bettina gefiel das, und er hatte keine Lust, alle Nase lang zum Friseur zu laufen. Feldmann hingegen sah eher so aus, als hätte er einen Föhn zu Hause und würde diesen auch allmorgendlich benutzen.

„Du hast gewonnen, Klaus. Ich gehe dieses Jahr noch zum Friseur", beendete Pölting diesen Disput und wandte sich wieder dem Schreibtisch zu. Er zog eine Schublade nach der anderen heraus und prüfte deren Inhalt.

„Es ist erstaunlich, wie unterschiedlich und doch strukturell ähnlich Inhalte von Schreibtischschubladen sind", dachte er. „Du hast immer eine Lade mit Schlüsseln und Kleinutensilien, eine mit den unterschiedlichsten Kabeln für die verschiedensten Geräte, eine mit der ganzen CD-Sammlung für die unterschiedlichen Computerprogramme, eine mit Kontoauszügen und Bankunterlagen."

Als er die unterste Lade aufzog, stutzte Pölting. „Bingo!"

„Was ist?" Feldmann, der sich mit dem Inhalt der Regale beschäftigt hatte, kam, um zu gucken, was Pölting gefunden hatte.

„Kalender!" Pölting strahlte.

„Wie, hat der Kalender gesammelt?", fragte Feldmann leicht verstört.

„Ja. Und deshalb können wir jetzt hoffentlich nachhalten, was Bernd Hoffschulte die letzten Jahre gemacht hat."

„Du glaubst wirklich, dass Du in den Kalendern was findest?" Feldmann blickte ihn skeptisch an.

„Klaus ..." Pölting schaltete auf Erklärmodus. „Wir wissen, dass der Kugelfang schon vor dem letzten Schützenfest manipuliert worden ist. Das heißt, dass das Motiv für den Mord wahrscheinlich noch weiter zurückreicht."

„Kann man annehmen."

„Und hier haben wir die Kalender der letzten – ", er zählte durch „ – ein, zwei, drei, vier Jahre. Das heißt: Wir können zumindest für eine Person die letzten vier Jahre zurückverfolgen."

Feldmann nickte anerkennend. „Nicht schlecht, Herr Specht."

„Die nehmen wir auf jeden Fall mit." Pölting nahm die Kalender aus der Schublade und legte sie zu dem aktuellen auf den Schreibtisch. Als er noch einmal zur Lade schaute, entdeckte er einen Brief, der versteckt unter den Kalendern gelegen hatte. Er nahm den Brief und schaute ihn sich an. Adressat war Bernd Hoffschulte. Der Absender fehlte. Pölting zog das Schreiben aus dem Umschlag und als er den Betreff las, erstarrte er fast.

„Klaus."

„Ich seh's." Er stand immer noch hinter Pölting und hatte wie er als Erstes die fett gedruckte Betreffzeile gesehen: **Vaterschaftstest!**

Pölting legte den Brief auf den Schreibtisch, so, dass sie beide lesen konnten. Das Ergebnis des Tests war positiv.

„Von wann ist der Brief?", fragte Feldmann, um sich dann gleich die Antwort selber vorzulesen: „25.01.2016"

Die beiden Kommissare schauten sich schweigend an, so, als könnten sie nicht glauben, was sie da gerade entdeckt hatten. Warum auch immer durchbrach Feldmann dieses kurze Schweigen mit dem Satz: „Houston, wir haben ein Problem."

„Ja."

„Und was machen wir jetzt?"

Pölting musste sich kurz sammeln. „Wir nehmen die Kalender mit und den Brief mit dem Vaterschaftstestergebnis, und dann bestellen wir Frau Hoffschulte für morgen früh ins Präsidium."

„Willst du sie nicht auf den Test ansprechen?"

„Nicht hier und nicht jetzt."

43

Der Sheriff hatte Gerd Menzel schon einen Kaffee serviert. Und der schien erstaunlich gelöst, obwohl er doch gerade erst erfahren hatte, dass sein bester Freund sich erhängt hatte. Denn mit der Information konnte der Sheriff beim besten Willen nicht hinterm Berg halten. Das war natürlich auch Pölting klar. Und so gab er Gerd zur Begrüßung die Hand und fragte direkt: „Guten Tag, Herr Menzel. Schön, dass Sie direkt gekommen sind. Wie geht es Ihnen?" Dann setzte er sich mit an den Besprechungstisch, legte das Aufnahmegerät auf den Tisch und stellte es an. „Wir nehmen das Gespräch auf, fürs Protokoll."

„Wie es mir geht?" Gerd musste kurz nachdenken. „Ich weiß es nicht. Irgendwie leer."

Nach einer längeren Pause schob er dann nach: „Es ist so unfassbar. Ich begreife gar nichts. Warum hat er das gemacht?"

„Das wüssten wir auch gerne. – Wann haben Sie ihn das letzte Mal gesehen?"

„Am Samstagnachmittag, an der Vogelstange. Mein Vater hatte mir erzählt, dass er da rumschraubt."

„Sie wussten also gar nichts davon?"

„Nein, ich habe die ganze Woche im Bett verbracht. Ich wollte niemanden sehen. Verstehen Sie? Ich habe mein Patenkind umgebracht." Ihm standen die Tränen in den Augen.

„Ich verstehe Sie, Herr Menzel." Pölting sprach sehr ruhig, fast vorsichtig. „Sie wussten also nicht, was er vorhatte?"

„Dass keiner mehr was anstellen kann hier."

„Das hat er Ihnen gesagt?"

„Ja."

„Mehr nicht?"

„Nein."

„Und dann?"

„Bin ich wieder nach Hause gegangen."

„Herr Menzel." Pölting wurde wieder förmlicher. „Entschuldigen Sie, dass wir Sie jetzt mit diesen Fragen belästigen, aber sie sind für uns wichtig. Sie und Herr Hoffschulte haben im letzten Jahr den Kugelfang renoviert?"

„Wofür ist das wichtig?" Gerd Menzel schien die Frage nicht zu verstehen.

„Wir glauben, dass es da einen Zusammenhang gibt. Also noch mal: Sie zwei haben den Kugelfang renoviert?"

„Ja."

„Wessen Idee war das?"

„Der war uppe. Der musste dringend renoviert werden. Auf das Ding hätte schon seit Jahren keiner mehr schießen dürfen. Deutsche Vorschriften, verstehen Sie?"

„Und wer hat das veranlasst?"

Gerd musste kurz nachdenken. „Anton Doppmeier, der Schießmeister. Der kam irgendwann mit einem Schreiben vom Schützenverband, wo das alles drinstand."

„Und dann haben Sie sich an die Renovierung gemacht?"

„Na ja, Bernd hat das alles geplant. Das war genau sein Ding."

„Bernd Hoffschulte hat den Umbau geplant?" Pölting beugte sich bei der Frage vor. Jetzt wurde es interessant. Auch der

Sheriff, der bisher eher einfach dabeigesessen hatte, hörte plötzlich viel aufmerksamer zu.

„Ja, er kam irgendwann mit Zeichnungen an, wie wir den Kugelfang ganz neu aufbauen können, mit zwei Schichten Holz und so."

„Mit Zeichnungen?"

„Also, eigentlich mit seinem Laptop. Er hatte alles mit Corel Draw gezeichnet."

„Mit Corel Draw?" Pölting stutzte. „Was ist das?"

„Ein Grafikprogramm. Damit hat er alle seine Pläne gemacht. Also, nicht nur damit. Bernd ist ein ganz großer Planer. Wenn es irgendwas umzubauen oder zu ändern gibt, dann macht er sich unheimlich 'n Kopp darüber. Und wenn er dann klar ist, wie alles laufen soll, dann macht er einen Plan und Zeichnungen, und dann präsentiert er das alles. Das ist sein Ding."

Gerd stockte. Er merkte, dass er immer noch im Jetzt über Bernd sprach und schüttelte verneinend den Kopf.

„War sein Ding."

„Und die Zeichnungen sind noch auf dem Laptop?"

„Geh ich mal von aus."

„Wir haben kein Laptop gefunden."

„Wo haben Sie denn gesucht?"

„Im Büro, wieso?"

„Versuchen Sie es mal in der Werkstatt, im Regal über der Werkbank."

„Das werden wir tun."

Pölting musste kurz überlegen, was er noch fragen wollte. Die Info mit den Zeichnungen hatte ihn leicht verwirrt.

„Nochmal zurück zum Ablauf. Der Schießmeister ist mit einem Schreiben vom Schützenverband zu Ihnen gekommen."

„Ja."

„Wann war das?“

Gerd musste kurz überlegen. „Kurz nach dem Schützenfest.“

„Vor zwei Jahren?“

„Ja.“

„Und wann kam Herr Hoffschulte mit den Zeichnungen?“

„Im Frühjahr.“

„Geht das genauer?“

„Genauer?“ Er schien nachzurechnen. „Ich schätze mal, März.“

„Das passt.“

Was passt?“, fragte Gerd neugierig nach.

Aber Pölting winkte direkt ab.

„Nichts. – Herr Menzel, ich danke Ihnen bis hier einheitlich. Wir hören voneinander. Der Sheriff bringt sie raus.“

Gerd Menzel stand auf und gab Pölting zum Abschied die Hand. „Auf Wiedersehn, Herr Kommissar.“

„Auf Wiedersehn.“

44

Dem Sheriff war der spätnachmittägliche Besuch bei den Hoffschultes unangenehm. Zwar war ihnen ja klar, dass er bei der Mordkommission war, aber er war eben doch auch einer von ihnen. Er war sogar fast ein wenig froh, dass Anita selbst die Haustür aufmachte. Das ersparte ihm hoffentlich große Erklärungen.

„Hallo Anita, entschuldige die Störung, aber ich müsste noch mal in Bernds Werkstatt schauen."

„Hallo Dieter. Jetzt noch? Warum?" Das Ansinnen des Sheriffs schien ihr Angst zu machen.

„Ja, wir suchen Bernds Laptop. Gerd hat uns erzählt, dass Zeichnungen vom Kugelfang darauf sind."

„Und wieso suchst du das in der Werkstatt?"

„Im Büro war es nicht. Und Gerd sagt, dass es dann wahrscheinlich in der Werkstatt auf dem Regal liegt."

„Gut, geh rüber! Die Tür ist auf."

„Danke, Anita."

Der Sheriff ging hinüber zur Werkstatt. Er musste dort nicht lange suchen. Das Laptop lag, wie beschrieben, auf dem Regalbrett über der Werkstatt. Er nahm es unter den Arm und zog die Werkstatttür hinter sich zu. Auf dem Weg auf die Straße winkte er zum Abschied mit einem vorsichtigen Lächeln Anita zu, die immer noch in der offenen Haustür stand und ihn wohl bei seiner Suche beobachtet hatte.

45

„Herr Pölting, Sie hatten doch gestern erst eine Leiche. Machen Sie das jetzt zur Dauereinrichtung?", wollte Dr. Steffens wissen, als Pölting sie anrief.

„Keine Angst, Frau Doktor, so mörderisch sind wir hier auch nicht. Im Gegenteil. Ich bräuchte einen Vaterschaftstest von Ihnen."

„Herr Pölting ..." Dr. Steffens klang freudig überrascht. „Haben Sie mir ein Kind vorenthalten?"

„Würde ich doch nie", schleimte Pölting. „Aber mal Scherz beiseite: Ich wüsste gerne, ob unser Toter von gestern der Vater des kleinen Jungen ist."

„Ich dachte, das wäre klar", bemerkte Frau Doktor. Pöltings Bitte irritierte sie.

„Dachte ich bis gestern auch, bis wir in seinem Schreibtisch einen Vaterschaftstest gefunden haben."

„Negativ?"

„Nein, positiv."

„Aber wo ist dann das Problem?"

„Wenn ein Vater knapp drei Monate nach der Geburt seines Kindes einen Vaterschaftstest machen lässt, finden Sie das normal?"

„Oh! – Nein, das ist nicht normal. Aber – " Dr. Steffens machte eine Gedankenpause. „ – wenn der Test positiv ist, und der Tote nicht der Vater ist, würde das ja bedeuten, dass er wusste, wer der wirkliche Vater ist."

„Genau das möchte ich rausbekommen. Wissen Sie jetzt, warum ich einen neuen Vaterschaftstest haben will."

„Kriegen Sie, Pölting."

„Sie sind die Beste, Frau Doktor. Wann bekomme ich das Ergebnis?"

„Jetzt drängelt er auch noch." Sie musste lachen. „Heute Nachmittag, hoffe ich. Aber das hängt natürlich auch davon ab, wie viel Betrieb gerade im Labor ist."

„Sie schaffen das schon. Danke im Voraus. Und einen schönen Tag noch."

„Ihnen auch. Und viel Erfolg."

„Danke." Pölting legte auf.

Neben ihm stand schon der Sheriff und präsentierte ihm Bernds Laptop.

„Guten Morgen, Sheriff", grüßte er ihn erfreut. „Das läuft ja heute Morgen wie geschnitten Brot. Hast Du schon reingeschaut?"

„Nein, ich bin grad erst gekommen."

„Dann gib mal her!" Er nahm sich das Laptop, klappte es auf und drückte die Starttaste. „Hoffentlich hat er kein Passwort."

„Und wenn, dann ist es wahrscheinlich Anita", scherzte der Sheriff.

Pölting schaute ihn skeptisch an. „Da wäre ich mir nicht so sicher."

„Wieso das denn?"

„Hast Du das mitgekriegt, dass wir einen Vaterschaftstest in seinem Schreibtisch entdeckt haben?"

Der Sheriff wollte nicht glauben, was er da hörte.

„Einen – ?"

„Vaterschaftstest. Von Ende Januar 2016."

Pölting erntete für diese Information nur sprachlose Ungläubigkeit, die aber jäh durch den Windows-Jingle unterbrochen wurde. Beide blickten auf den Bildschirm, auf dem sich der Desktop-Hintergrund aufbaute.

„Kein Passwort."

Pölting machte die Faust.

„Wir sind drin."

„Das war ja einfach."

„So, wonach suchen wir?" Pölting schaute bei dieser Frage fast andächtig auf den Bildschirm.

„Mach einfach den Explorer auf und gib da als Suchbegriff Kugelfang ein!", schlug der Sheriff vor.

„Und dann?"

„Wenn er den Kugelfang gezeichnet hat, dann wird die Datei vermutlich auch so heißen. Und der Explorer zeigt Dir dann alle Dateien mit dem Begriff Kugelfang an."

„Sheriff, Du bist gut."

„Ich komme ja auch aus Strunkeln." Er grinste, denn Pöltings Lob tat ihm gut.

Pölting öffnete den Explorer, gab Kugelfang ein, und sie warteten auf das Suchergebnis. Es dauerte nicht lange und zwei Dateien wurden angezeigt: „Kugelfang neu" und „Sicherungskopie_von_Kugelfang neu".

„So, und jetzt geh auf ‚Kugelfang neu' und mach sie auf."

Pölting machte einen Doppelklick auf den Dateinamen und es öffnete sich Corel Draw. Es dauerte ein wenig, bis sich auch die Datei öffnete. Auf dem Bildschirm erschien eine technische Zeichnung, die die beiden nur schwer, oder besser eigentlich gar nicht als Kugelfang identifizieren konnten. Sie blickten sich ratlos an.

„Was will uns diese Zeichnung sagen?", fragte der Sheriff sichtlich ideefrei.

„Ich glaube, da fragen wir besser jemand, der sich damit auskennt."

Pölting zog sein Handy aus der Tasche, suchte in seinen Kontakten nach der Nummer seines KTU-Spezi Borgmeier und wählte ihn an. Es dauerte ein wenig, bis sich am anderen Ende der Erwählte meldete.

„Kriminaltechnik Bielefeld, Kommissar Borgmeier."

„Hallo Herbert, hier ist Franjo."

„Ach Franjo, was ist, kommst Du nicht weiter?"

„Doch. Aber ich brauche dafür Deine Hilfe."

„Wo klemmt denn der Schuh?"

„Der Vater von dem kleinen Jungen –. "

„Ja?"

„Der hat sich erhängt."

„Ach du Scheiße."

„Ja. – Ich hab Dir ja gesagt, dass er für den Kugelfang zuständig war. Und sein Freund hat uns gestern erzählt, dass er den Umbau des Kugelfangs gezeichnet hat."

„Und die Zeichnungen habt ihr jetzt?"

„Ja, aber nur auf dem Rechner und als Corel Draw-Datei."

„Und wo ist das Problem?"

„Wir verstehen nur Bahnhof."

Borgmeier musste lachen.

„Ihr habt die Datei also auf?"

„Ja. Sollen wir sie Dir schicken?"

„Das hilft mir nicht, weil ich hier kein Corel habe."

„Und was sollen wir dann machen?"

„Geh einfach mal auf Datei, dann auf Drucken, und dann gibst Du als Drucker den PDF-Drucker an."

Pölting war vor neue Herausforderungen gestellt. „Gut, noch mal: Datei – Drucken – Und jetzt?"

„Jetzt den Drucker auswählen."

Pölting war verwirrt.

„Welchen Drucker anwählen?"

Der Sheriff sprang ihm bei und zeigte auf das Pull Down Menü mit den Druckern. Pölting klickte es an. Aber es gab keinen PDF-Drucker.

„Gibt es nicht."

„O. K." Borgmeier schien zu wissen, dass eine Ferneinweisung jetzt nichts bringen würde. „Schick mir einfach den Rechner rüber! Ich guck mir das dann an."

„Mach ich, Herbert", antwortete Pölting erleichtert. „Ich schicke gleich jemand los, der Dir das Teil vorbeibringt."

„Mach das! Tschüss."

Pölting legte auf, nahm aber direkt den Festnetzhörer und wählte die Nummer des Kripo-Chefs. Am anderen Ende meldete sich eine Frauenstimme: „Hier Hagedorn."

„Ach, Frau Hagedorn." Pölting war überrascht, weil er doch den Chef direkt angewählt hatte. „Ist der Chef nicht da?"

„Doch, aber der sitzt in einer Besprechung. Kann ich Ihnen weiterhelfen?"

„Weiß ich nicht. Ich brauche jemand, der ein Laptop zur KTU nach Bielefeld bringt."

„Wann?"

„Na, jetzt."

Frau Hagedorn überlegte kurz.

„Nein, tut mir leid, ich kann ihn da jetzt nicht stören. Und ich befürchte, das dauert auch noch eine Weile."

„O. K., dann muss ich mir hier was einfallen lassen. Vielen Dank, Frau Hagedorn."

„Nicht dafür."

Pölting legte auf und wandte sich dem Sheriff zu.

„Warst Du schon mal in Bielefeld beim Präsidium?"

„Nein, was sollte ich da?"

„Gut, schnapp Dir einen Wagen mit Navi und gib die Kurt-Schumacher-Straße 46 ein. Da gehst Du zur Kriminaltechnik, Kommissar Herbert Borgmeier. Der weiß ja Bescheid. Und am besten bringst Du die Ergebnisse gleich wieder mit."

Der Sheriff klappte das Laptop zu und klemmte es sich unter den Arm.

„Mach ich. Bis später."

„Bis dann."

Pölting lehnte sich zurück und schnaufte kurz durch. Langsam könnte Feldmann auftauchen. Er wollte sein Auto zur Inspektion bringen. Es war jetzt viertel vor neun, und für neun hatten sie Frau Hoffschulte zum Verhör bestellt.

46

Anita Hoffschulte stand an der Anmeldung, als Feldmannn das Haus betrat.

„Guten Morgen, Frau Hoffschulte, kommen Sie mit. Ich bin gerade auf dem Weg ins Büro."

„Guten Morgen, Herr Kommissar."

„Schon in Ordnung. Sie will zu uns", erklärte Feldmann dem Beamten an der Anmeldung, der zur Bestätigung kurz die Hand hob und die Zugangstür entriegelte.

Die beiden nahmen die Treppe in den zweiten Stock. Als sie das Büro betraten, stand Pölting mit einem Kaffee in der Hand am Fenster und genoss den Blick auf den Riemekepark.

„Guten Morgen, Frau Hoffschulte, hat der Kollege Feldmann Sie aufgegabelt? Setzen Sie sich doch. Möchten Sie auch einen Kaffee?"

Anita setzte sich auf den angebotenen Stuhl.

„Nein, danke."

Auch Feldmann und Pölting setzten sich und Pölting schaltete das Aufnahmegerät ein.

„Wir nehmen unser Gespräch auf. Wir brauchen das fürs Protokoll."

Er stützte sich leicht am Tisch auf den Unterarmen ab, faltete dabei die Hände und begann mit der Befragung: „Frau Hoffschulte, ich will nicht lange um den heißen Brei herumreden.

Wir haben gestern im Schreibtisch Ihres Mannes einen Vaterschaftstest gefunden."

„Was?!" Anita traf der Schlag. „Was haben Sie gefunden?"

„Einen Vaterschaftstest", wiederholte Pölting, „aus dem Januar letzten Jahres."

„Und?"

„Er ist positiv."

„Ja, und wo ist dann das Problem?"

„Nun, wir finden es schon sehr merkwürdig, dass Ihr Mann kurz nach der Geburt Ihres Kindes einen Vaterschaftstest machen lässt."

„Oder hat Ihr Mann vielleicht noch ein zweites Kind?", warf Feldmann ein.

„Nein. – Also nicht, dass ich wüsste."

Anita war jetzt völlig durcheinander. Sie hatte mit allem Möglichen gerechnet, aber nicht mit so einer Nachricht.

„Oder hatte Ihr Mann vielleicht einen Grund, einen Vaterschaftstest machen zu lassen?", fragte Pölting weiter.

„Nein! – Was unterstellen Sie mir?"

„Wir unterstellen Ihnen gar nichts. Wir haben nur Fragen." Pölting lehnte sich zurück. „Gut, ich frage mal anders: Wenn Sie an unserer Stelle wären und diesen Vaterschaftstest gefunden hätten, was würden Sie vermuten?"

„Weiß ich nicht."

„Ich glaube, Sie wissen es doch", widersprach ihr Feldmann in einem Ton, der ihr signalisierte, dass er ihr ihre Unwissenheit nicht abnahm.

Anita war jetzt so durcheinander, dass sie keinen klaren Gedanken mehr fassen konnte.

„Frau Hoffschulte", versucht es Pölting in ruhigerem Ton, „wir nehmen an, dass Ihr Mann nicht ohne Anlass diesen Test hat machen lassen. Denken Sie mal zurück."

Anita schossen Tränen in die Augen.

„Ich kann nicht." Sie begann zu zittern und saß jetzt nur noch da wie ein Häufchen Elend.

Die Kommissare schauten sich fragend an. Feldmann verzog den Mundwinkel, um anzudeuten, dass ihm dieses Verhalten missfiel; aber Pölting schloss für einen Moment die Augen und bedeutete Feldmann mit der Hand, jetzt Ruhe zu bewahren. So warteten sie eine Weile, damit sich Anita beruhigen konnte. Allerdings warteten sie vergebens. Deshalb versuchte es Pölting in einem sehr moderaten Ton: „Frau Hoffschulte."

Doch sie reagierte nicht und starrte nur vor sich hin.

„Frau Hoffschulte, so kommen wir nicht weiter."

Es schien, als höre sie ihn gar nicht. Deshalb gab er Feldmann ein Zeichen, nach nebenan zu gehen. Sie zogen die Tür hinter sich zu.

„Hör mal, so kommen wir nicht weiter", sagte Feldmann leise. „Ich finde, wir sollten ihr mal ein bisschen Druck machen."

„Klaus, die Frau hat vor einer Woche ihr Kind verloren und gestern ihren Mann. Und jetzt hauen wir ihr noch den Vaterschaftstest um die Ohren. Die kann nicht mehr."

„Und was willst Du jetzt machen?"

Pölting überlegte kurz.

„Wir lassen sie jetzt gehen und bestellen sie für morgen früh wieder."

„Wenn Du meinst, schick sie nach Hause."

Feldmann war mit der Entscheidung nicht einverstanden, aber Pölting war der Chef. Also setzte er sich an seinen Schreibtisch und überließ ihm die Verabschiedung.

Als Pölting zurückkam, hatte sich Anita immer noch nicht gerührt.

„Frau Hoffschulte, ich glaube, wir kommen heute mit der Befragung nicht weiter. Wollen Sie lieber nach Hause?"

Anita nickte leicht. Pölting war froh, dass sie wenigstens jetzt reagierte.

„Dann können Sie jetzt gehen. Aber tun Sie mir einen Gefallen. Machen Sie noch eine Runde durch den Park hier hinterm Haus. Einfach rechts rum, wenn Sie auf die Straße kommen, an der Ampel noch mal rechts, und dann im hundert Metern liegt rechts der Park. Und wenn Sie sich ein wenig beruhigt haben, fahren Sie vorsichtig nach Hause. Ich möchte nicht, dass Sie in Ihrem Zustand noch einen Unfall bauen."

Sie schaute ihn erstaunt an und nickte erneut.

„Und dann möchte ich, dass Sie morgen um neun wieder hier hinkommen. Dann reden wir weiter."

Anita gab ihm die Hand.

„Danke, Herr Pölting."

„Bis morgen, Frau Hoffschulte."

Nach der Verabschiedung setzte sich Pölting an seinen Schreibtisch.

„Ich vertsteh nicht, dass Du sie hast gehen lassen, Franjo", empfing ihn Feldmann.

„Klaus, die Frau ist fertig. Ich weiß nicht, ob Du's gesehen hast, aber die war völlig weggetreten."

„Ja und?"

„Und morgen wissen wir, ob Bernd Hoffschulte der Vater ist oder nicht."

Feldmann guckte, als verstehe er nur Bahnhof.

„Ich habe heute Morgen Dr. Steffens in Münster angerufen und sie gebeten, noch einen Vaterschaftstest mit den beiden zu machen."

„Wie?"

Das Erstaunen wurde nicht kleiner.

„Sie hat doch Gewebeproben von beiden, Vater und Sohn. – Und heute Nachmittag bekommen wir das Ergebnis."

Feldmanns Gesicht hellte sich auf.

„Alle Achtung, Franjo, nicht schlecht. – Und was machen wir so lange?"

„Wie wäre es mit Kalenderlektüre?"

47

„Sehen Sie das, Herr Schmidt?", fragte Borgmeier den Sheriff und zeigte dabei auf eine gestrichelte Linie auf der geöffneten Zeichnung.

„Ja, das ist eine gestrichelte Linie."

Borgmeier musste Lächeln. Er durfte wieder einmal einem Laien die Welt der technischen Zeichnung erklären.

„Das ist eine sogenannte verdeckte Kante. Verstehen Sie? Das ist die Rückabdeckung, die man aber nicht sehen kann, weil die Eichenbohlen davor liegen. Das sind die durchgezogenen Linien hier."

„Verstehe." Der Sheriff nickte und Borgmeier hatte das gute Gefühl, dass er tatsächlich verstand.

„So." Er klickte auf die nächste Seite. „Hier ist das Gleiche, nur jetzt mit der Fichtenbeplankung. Und dadurch sind die Eichenbohlen verdeckt und deshalb auch nur gestrichelt gezeichnet."

Der Sheriff schaute sich die Zeichnung einen Moment an.

„Kann ich noch mal die Seite davor sehen?"

Borgmeier klickte zurück und der Sheriff verglich die beiden Bilder.

„Und wieder vor." Er nickte. „Jetzt habe ich das Prinzip verstanden."

„Das ist gut. Denn jetzt wird es spannend. Jetzt gehen wir noch eine Zeichnung weiter. Sehen Sie diese vier Linien?"

Er fuhr die Linien mit der Maus ab.

„Ja."

„Jetzt noch mal zurück zur Zeichnung davor."

„Da fehlen sie."

„Richtig. Aber achten Sie gleich auf diese zwei Linien."

Er zeigte auf zwei der verdeckten Bohlenkanten, zwischen denen aber noch zwei weitere verliefen. Dann klickte er wieder auf die dritte Zeichnung.

„Was sehen Sie jetzt?" Wieder zeigte er auf die Stelle.

„Die zwei Linien fehlen." Der Sheriff schaute ihn fragend an.

„Richtig, Herr Schmidt, die zwei Linien fehlen. Und das heißt, dass zwischen den zwei senkrechten verdeckten Kanten hier jeweils auch die Bohlen fehlen. Deshalb fehlen in der Zeichnung auch die zwei waagerechten Kanten dazwischen."

„Dann wäre das ja die Planung für die Manipulation."

„Nein. Das ist sie."

Dem Sheriff verschlug es die Sprache.

„Was ist, Herr Schmidt?"

„Dann hat Bernd den Kugelfang manipuliert", purzelten die Worte dem Sheriff langsam heraus. Diese Erkenntnis war erschreckend.

„Welcher Bernd?"

„Na, der Vater des Jungen."

„Der Vater? – Prost Mahlzeit!"

„Ja."

48

Das Studium der Kalender Bernd Hoffschultes gestaltete sich sehr unterhaltsam, vor allem für Feldmann. So viel hatte er noch nie von Besamung gelesen. Er mutmaßte schon im Überschwang, dass Bernd alle Beischlaftermine eingetragen hat. Aber Pölting holte ihn auf den Boden landwirtschaftlicher Terminplanung zurück. Denn er hatte das Prinzip dieser Eintragungen recht schnell durchschaut.

„Besamung S“ stand für die Besamung einer Sau und „Besamung R“ für die einer Kuh. Rausgekriegt hatte er das, weil er als Kind mit seinem Freund Heini viel Zeit auf dessen elterlichem Bauernhof verbracht hatte. Und aus der Zeit kannte er noch den Spruch „Eine Sau trägt drei Monate, drei Wochen und drei Tage“.

Und es passte. Nach den Einträgen „Besamung S“ war jeweils in passendem Abstand „Wurf“ eingetragen. Nachdem sie dann die Tragzeit von Kühen gegoogelt hatten (282 Tage), konnten sie auch den Einträgen „Besamung R“ die passenden „Kalben“-Einträge zuordnen. Feldmann fand das ein wenig schade. Zwar hatte er etwas über Tragzeiten in der Landwirtschaft dazugelernt, aber seine Beischlaftheorie hatte ihm besser gefallen.

Daneben fanden sich noch etliche Einträge über Aussaat, Düngung und Erntezeiten. Wobei diese Termine manchmal

Markierungen aufwiesen, die eher Zeitspannen markierten, was Feldmann irritierte. Aber Pölting konnte ihm klarmachen, dass der Bauer leider immer auch abhängig vom Wetter ist.

Selbstverständlich waren auch Geburtstage in den Kalendern markiert, manche runde zusätzlich mit Altersangabe.

Auffällig, weil mit einem Marker hervorgehoben, waren die Termine, die Bernd wohl besonders wichtig waren: das Schützenfest, zudem kurze Urlaube, die sie zwischen die bäuerlichen Termine hatten schieben können und, jeweils im Februar und manchmal auch Anfang März, mehrere Tage, an denen Bioland-Versammlungen und Fortbildungen eingetragen waren. Auch die Renovierungsarbeiten am Kugelfang hatte Bernd notiert. Die Angaben passten zu dem, was er ihnen gesagt hatte.

Das Einzige, was fehlte, waren Hinweise, die sie in ihrem Fall weiterbringen würden.

„Also, Klaus, wonach suchen wir?"

„Nach einem Hinweis darauf, dass er an seiner Vaterschaft zweifelt. Irgend etwas muss ihn ja bewogen haben, einen Vaterschaftstest machen zu lassen."

„Das ist doch krank, oder?"

„Ja, aber das Ganze ist krank."

Das Büro füllte plötzlich eine denkende Stille. Hatten sich beide gerade noch über dies und das ausgetauscht, versuchte jetzt jeder verbissen, nach einer Idee zu suchen, wonach sie noch suchen könnten.

„Wann", versuchte es Pölting schließlich mit einer Frage, „ist der Kleine geboren?"

Feldmann schaute ihn verdutzt an. „Weiß ich nicht. Muss ich nachgucken." Er wollte den Computer aufstarten.

„Warte. Wir wissen doch, wie alt er war", stoppte ihn Pölting.

„19 Monate."

„Genau. Macht zu zwei Jahren -." Er zählte an den Fingern ab, „zwanzig, einundzwanzig, zweiundzwanzig, dreiundzwanzig, vierundzwanzig, Juni, Juli, August, September, Oktober. Der Kleine ist im Oktober geboren. Schaun wir mal nach!"

Feldmann schlug den aktuellen Kalender auf und blätterte bis in den Oktober.

„31."

„So, jetzt gucken wir mal in 2015. Wer hat den Kalender? – Ich. – Jetzt bin ich gespannt."

Feldmann war auch gespannt. Aber er konnte noch nicht nachvollziehen, welchem Gedankengang Pölting gerade folgte.

„Im Oktober ist nichts." Er blätterte weiter. „Hier!"

In Pöltings Gesicht zeigte sich etwas von Triumph.

„Am 8. November ist ein Sternchen eingetragen mit einem Smiley."

„Was für ein Sternchen?"

„Das Gleiche, das er auch bei Geburtstagen benutzt."

„Und?" Feldmann verstand immer noch nicht, worauf er hinauswollte.

Pölting hob den Zeigefinger, um anzuzeigen, dass er seine Argumentationskette jetzt schließen würde.

„Der 8. November ist der errechnete Geburtstermin. So, wenn wir davon ausgehen können, dass er den Geburtstermin von Tieren berechnen kann, dann dürfte es für ihn ein Leichtes sein, das auch für sein Kind zu machen."

„Das heißt, wir müssen vom 8. November die Schwangerschaftsdauer zurückrechnen und haben dann den errechneten Zeugungstermin?"

„Genau."

„Und wie lange dauert eine Schwangerschaft?"

„Guck nach. Ich war noch nie schwanger." Pölting musste lachen. Dieser, sein Spruch gefiel ihm. Und über neue Gags, vor allem wenn es seine eigenen waren, konnte er sich am meisten freuen.

Feldmann startete nun doch seinen Rechner, um die Schwangerschaftsdauer zu googeln. Pölting lehnte sich unterdessen mit einer gewissen Vorfreude zurück. Er hatte das dringende Gefühl, mit seiner Vermutung richtig zu liegen.

„Es gibt verschieden Rechnungsarten", stellte Feldmann fest, nachdem er die ersten Ergebnisse gesehen hatte. „Normal sagt man, 40 Wochen seit der letzten Periode."

„Das hilft uns nicht. Wir brauchen die Zeit von der Befruchtung bis zur Geburt."

„Seh ich hier nirgends."

„Dann gib zusätzlich Befruchtung in der Suchleiste ein."

Feldmann tippte.

„Hier ist etwas." Er klickte auf den Link und las das Ergebnis. „268 Tage oder 38 Wochen und 2 Tage."

„Super! Also, dann rechnen wir mal zurück. Der 8. November ist – ", er schaute nach, „ – in der 45. Kalenderwoche am Sonntag. So, jetzt ziehen wir 38 Wochen ab. Dann sind wir in der 7., und dann zwei Tage zurück – ", er blätterte erneut, „ – dann sind wir am 13. Februar. Und da steht nichts."

„Tut mir leid", versuchte sich Feldmann in Mitleid.

„Halt! Wir sind noch nicht fertig. Wann war der Geburtstag?"

„Am 31. Oktober."

„Genau. Also müssen wir acht Tage zurück. Das heißt: der Termin, den wir suchen, ist der 5." Er schlug ein Blatt zurück. „Bingo."

Feldmann blickte ihn verstört an.

„Das ist genau mitten in der Woche, in der er bei einem Bioland-Einführungsseminar war."

„Und wie können wir das beweisen?"

„Indem wir auf das Ergebnis des Vaterschaftstests warten."

49

Kripo-Chef Haberkamp und Oberstaatsanwalt Baumgarten waren vorfreudig gespannt, als sie das Büro betraten. Sie hatten auch allen Grund dazu, denn Pölting hatte die Einladung zu diesem Zusammentreffen mit der Information, dass sie erste, gute Ergebnisse präsentieren könnten, verbunden. Und auch den Ermittlern war anzusehen, dass der immense Druck der letzten Woche offenbar der aufkommenden Zuversicht, den Fall lösen zu können, gewichen war. Der Sheriff hatte Kaffee vorbereitet und auch fünf Tassen gedeckt. So bekam das Ganze sogar einen Anflug von Kaffeekränzchen. Es fehlten eigentlich nur die Kekse.

„Nun denn, Herr Pölting, bereiten sie uns mal eine Freude!", eröffnete der Oberstaatsanwalt die Runde, während er sich eine Tasse Kaffee eingoss.

„Von Freude möchte ich in diesem Zusammenhang nicht sprechen, Herr Baumgarten. Aber wir haben große Fortschritte gemacht."

„Dann schießen Sie mal los!"

„Ich bin auch gespannt, was Sie uns servieren, Pölting", konnte auch der Kripo-Chef auf einen lockeren Kommentar nicht verzichten.

„Dürfen Sie auch, Herr Haberkamp. – Also, zunächst vorab. Wir gehen davon aus, dass der Tote von gestern, Bernd Hoffschulte, nicht nur sich selbst umgebracht hat, sondern auch für den Tod seines Sohnes verantwortlich ist."

Diese Information sorgte dafür, dass sich die Stimmung im Raum wieder auf ein angemessenes Niveau senkte.

„Aber der Reihe nach. Der Tote hat letzte Woche Freitag und Samstag an die Vogelstange eine elektrische Winde angebaut, anscheinend nur, um damit seinen Suizid vorzubereiten."

„Wie kommen Sie zu dem Schluss?", wollte Haberkamp wissen.

„Weil er alles haarklein geplant hat. Aber dazu kommen wir gleich noch. – Feldmann und ich haben gestern Nachmittag sein Büro und speziell seinen Schreibtisch durchsucht und Interessantes gefunden. Zum einen die Tischkalender der letzten vier Jahre, die er im Schreibtisch aufgehoben hatte, und zum zweiten einen Vaterschaftstest, der unter den Kalendern versteckt lag."

„Positiv oder negativ?" Der Oberstaatsanwalt war jetzt gespannt.

„Positiv. Aber wir haben Zweifel an der Vaterschaft."

„Geht das genauer?"

„Ja. Feldmann und ich haben heute Vormittag die Kalender ausgewertet. Herr Hoffschulte hat alles nachgehalten: Besamungstermine, Ferkeltermine, Kalbungstermine uns so weiter. Dazu Geburtstage und andere wichtige Daten." Pölting machte eine kurze Pause, um die Wichtigkeit des Folgenden anzudeuten. „Am 8. November 2015 haben wir ein Geburtstagssternchen mit einem Smiley gefunden, anscheinend der erwartete Geburtstermin des Sohnes. Der ist aber am 31. Oktober geboren."

„Das soll passieren", wandte Haberkamp ein.

„Das stimmt. Wir haben aber trotzdem mal vom 31. Oktober aus zurückgerechnet, wann der Zeugungstermin war. Wir sind dabei auf den 5. Februar gekommen."

„Und was bedeutet das?" Oberstaatsanwalt Baumgarten konnte mit der Rechnung nichts anfangen.

„In der Woche war Bernd Hoffschulte unterwegs auf einem Lehrgang."

„Das heißt?"

„Dass er vermutlich die gleiche Rechnung aufgestellt hat wie wir."

„Aber der Test war doch positiv. Es gibt also keinen Grund, an seiner Vaterschaft zu zweifeln."

„Wenn er denn Gen-Material von sich hat untersuchen lassen."

„Sie meinen – "

„Ich meine gar nichts. Ich warte auf das Ergebnis eines neuen Tests von der Gerichtsmedizin. Dann wissen wir."

„Was sagt denn die Frau dazu?", wollte der Kripo-Chef wissen.

„Das mit dem Geburtstermin wussten wir heute Morgen noch nicht. Aber wir haben ihr den Test vorgehalten."

„Und?"

„Sie ist durchgedreht", berichtete jetzt Feldmann. „Die war überhaupt nicht mehr ansprechbar."

„Ich hab sie nach Hause geschickt", ergänzte Pölting, „und sie für morgen früh wiederbestellt."

„Ich will Ihre Bemühungen ja nicht beanstanden, meine Herren", versuchte Baumgarten eine Beurteilung der Ergebnisse, „aber ich finde das als Beweis doch noch recht dünn."

„Dann sollten Sie beim Bericht von Obermeister Schmidt jetzt gut aufpassen", konterte Pölting. „Dieter, bitte."

Pölting lehnte sich zurück und verschränkte die Arme, während der Sheriff aufstand und an die Stellwand ging, an der er die Ausdrucke der Kugelfangzeichnungen aufgehängt hatte.

„Ich habe gestern das Laptop von Bernd Hoffschulte aus seiner Werkstatt geholt, nachdem sein Freund Gerd Menzel uns den Tipp gegeben hat, dass darauf die Pläne für die Aufarbeitung des Strunkelner Kugelfangs seien, nach denen die beiden den alten umgebaut haben. Weil wir die Pläne nicht lesen konnten, bin ich heute Morgen mit dem Laptop zur KTU nach Bielefeld gefahren. Dort habe ich dann einen Grundkurs in technischem Zeichnen gemacht." Die Bemerkung löste ein allgemeines Schmunzeln aus. „Ich hoffe also, ich kann die Pläne, die wir hier aufgehängt haben, jetzt einigermaßen erklären."

„Wir werden uns bemühen, Sie zu verstehen, Herr Schmidt", munterte ihn der Kripo-Chef auf.

Der Sheriff nahm einen Bleistift, um Einzelheiten besser zeigen zu können.

„Zeichnung 1 zeigt den Kugelfang von hinten. Das Rechteck hier ist die Rückplatte, die ja gegen eine Hartfaserplatte ausgetauscht war. Zeichnung 2 zeigt den Kugelfang von vorne. Die waagerechten Linien zeigen die Eichenbohlen. Dieses gestrichelte Viereck ist die Rückplatte, die man aber nicht sehen kann, weil die Eichenbohlen davor sind. Deshalb ist sie nur gestrichelt dargestellt. Zeichnung 3 zeigt den Kugelfang, jetzt aber mit den senkrechten Fichtenbrettern. Die Eichenbohlen dahinter sind verdeckt und deshalb gestrichelt." Der Sheriff warf einen Blick in die Runde und sah in fragende Augen. „Ich hoffe, Sie können mir folgen."

„Wir versuchen es", gab der Oberstaatsanwalt zu.

„Denn jetzt wird es spannend. Wenn wir Zeichnung 3 und 4 vergleichen, fallen hier in Zeichnung 4 vier senkrechte, gestrichelte Kanten auf, die in Zeichnung 3 fehlen. Dafür fehlen in Zeichnung 4 zwei Teilstücke der waagerechten Linien zwischen den Senkrechten. Sehen Sie das?"

Die Zuhörer nickten gespannt.

„Diese Zeichnung zeigt den manipulierten Kugelfang mit den herausgetrennten Eichenbohlen. Die fehlen hier." Er zeigte noch mal mit dem Bleistift auf die Stelle. „Das heißt: Zeichnung 4 beweist, dass Bernd Hoffschulte den Kugelfang manipuliert hat."

Oberstaatsanwalt Baumgarten nickte anerkennend.

„Sehr gut, Herr Schmidt. – Aber wann hat er das gemacht?"

Jetzt konnte Pölting seine Informationen loswerden.

„Nach Auffassung der KTU wurden die Bohlen wohl schon vor dem letzten Schützenfest durchtrennt, aber nicht entfernt. Geschossspuren beweisen das. Kurz vor diesem Schützenfest haben Menzel und Hoffschulte dann das Holz frisch gestrichen. In dieser Zeit, nehmen wir an, wurden dann auch die Bohlenstücke entfernt."

„Und wo sind sie dann?", fragte Haberkamp.

„So, wie ich Bernd Hoffschulte einschätze, sind sie noch irgendwo auf dem Hof. Der schmeißt nichts weg. Und zum Verfeuern ist es gerade zu warm. Und die Stahlrückplatte liegt da auch noch irgendwo."

„Dann sollten wir sie suchen."

„Das finde ich auch. Morgen früh um neun kommt Frau Hoffschulte zum Verhör. Und anschließend, also gegen Mittag, sollten wir mannstark auflaufen und den Hof absuchen."

Der Kripo-Chef nickte. „Genehmigt. Wie viele Leute brauchen Sie?"

„Wie viele hat die SpuSi frei?"

„So viel, wie Sie brauchen."

„Zehn?"

„Kriegen Sie."

„Gute Arbeit, meine Herren", beendete der Oberstaatsanwalt das Treffen auf seine Art. „Weitermachen!"

50

Als Pölting Mittwochmorgen um viertel vor acht ins Büro gekommen war, hatte er direkt den Rechner hochgefahren, um seine Mails zu checken. Aber das Ergebnis des Vaterschaftstests aus Münster war immer noch nicht da. Deshalb hatte er Dr. Steffens angerufen und sie gebeten, dem Labor Druck zu machen, weil er die Mutter um neun zum Verhör bestellt habe und sie mit dem Ergebnis des Tests konfrontieren wolle. Dann hatte er Frau Doktor noch Feldmanns E-Mail-Adresse gegeben für den Fall, dass das Ergebnis erst käme, wenn er schon im Verhör säße.

Jetzt saßen Pölting und Feldmann am Besprechungstisch und warteten angespannt auf das Erscheinen von Anita Hoffschulte. Das Gespräch würde nicht leicht werden, denn wenn sie so empfindlich reagierte wie am Vortag, dann war nicht abzusehen, was die Nachricht, dass ihr Mann der Täter war, bei ihr auslösen würde. Pölting hatte deswegen auch beschlossen, dass der Sheriff beim Verhör dabei sein sollte. Ihn kannte Frau Hoffschulte. Das würde Vertrauen schaffen. Feldmann hatte schon tags zuvor sehr schnell eher ungehalten reagiert, was ja auch mit dazu beigetragen hatte, dass sie in der Befragung nicht weit gekommen waren. Und heute würde es noch mehr Fingerspitzengefühl bedürfen. Außerdem brauchte Pölting jemand, der ihn direkt informierte, sobald das Testergebnis aus Münster ankäme.

Der Sheriff hatte eine Kanne Kaffee angesetzt und war anschließend runter zum Haupteingang, um Anita dort in Empfang zu nehmen. Sie war zu früh, wäre am liebsten aber noch eher gekommen, da sie ohnehin nicht hatte schlafen können.

„Guten Morgen, Anita", begrüßte der Sheriff sie. „Wie geht's?"

„Wie soll es mir gehen? Ich habe die ganze Nacht wachgelegen."

Sie sah wirklich erbärmlich aus. Ihre geröteten Augen verrieten, dass sie wohl viel geweint hatte. Aber ihre Stimme klang dementgegen sehr fest und bestimmt.

„Habt Ihr schon was rausgekriegt?", fragte sie schon im Treppenhaus.

„Ja, Du wirst es gleich alles erfahren."

„Das ist gut."

Der Sheriff schaute sie überrascht an. Diesen Satz, der fast nach Vorfreude klang, hätte er so von ihr nicht erwartet.

Als sie das Büro erreichten, grüßten die Kommissare sie freundlich, und während Feldmann ins Nachbarbüro verschwand, bot Pölting Anita einen Stuhl an. Der Sheriff holte unterdessen das Tablett mit dem Kaffee, vier Tassen und Zucker und Milch aus der Kaffeeküche. Als er zurückkam, stellte er allen lächelnd eine Tasse hin und servierte Kaffee. Auch Anita nahm das Angebot heute offenbar gerne an. Dann brachte er Feldmann noch seinen Kaffee nach nebenan und setzte sich anschließend mit an den Besprechungstisch. Pölting schaltete das Aufnahmegerät ein und begann die Befragung: „Frau Hoffschulte, haben Sie sich inzwischen Gedanken gemacht, wieso Ihr Mann dazu gekommen ist, einen Vaterschaftstest machen zu lassen?"

„Ja, aber ich weiß es wirklich nicht", antwortete sie sehr bestimmt.

„Gut, dann werden wir Ihnen jetzt mal beim Nachdenken nachhelfen."

„Was?" Anita verstand diese Bemerkung nicht.

Aber Pölting ging darauf nicht ein. Er beugte sich vor, um dem Folgenden Nachdruck zu verleihen.

„Wir haben im Schreibtisch Ihres Mannes nicht nur den Vaterschaftstest gefunden, sondern auch die Kalender der letzten vier Jahre, die er dort, warum auch immer, aufgehoben hat."

„Und?"

„Wir haben uns diese Kalender mal genauer angeschaut und Interessantes herausgefunden." Pölting lehnte sich für die folgende Beschreibung wieder im Stuhl zurück. „Am 8. November 2015 ist ein Geburtstagssternchen mit einem Smiley versehen. Wir nehmen an, dass das der erwartete Geburtstermin war."

„Ja, das war so."

„Gut. Wir haben dann mal vom tatsächlichen Geburtstermin aus zurückgerechnet. Und siehe da, zum Zeitpunkt der Befruchtung war Ihr Mann gar nicht zu Hause, sondern auf einer Fortbildung."

Pölting verschränkte die Arme. Auch der Sheriff beobachtete Anita genau, um zu sehen, wie sie auf diese Vorhaltungen reagierte.

„Was wollen Sie damit sagen?" Anita schien nicht zu begreifen.

„Das wir ein Terminproblem haben, Frau Hoffschulte."

Da Anita nicht reagierte, fuhr Pölting fort: „Gut, wechseln wir das Thema: der Kugelfang." Er blickte nach rechts zum Sheriff. „Sheriff, bitte."

„Anita", fing der ruhig an, „ich habe ja am Montagnachmittag Bernds Laptop aus der Werkstatt mitgenommen, weil Gerd uns erzählt hatte, dass Bernd auf dem Laptop die Änderungszeichnungen für den Kugelfang hatte."

Anita schüttelte leicht den Kopf.

„Und was habe ich damit zu tun?"

„Wart's ab. Ich bin mit dem Laptop zur Kriminaltechnik, weil wir die Zeichnungen nicht verstanden haben. Und der Techniker hat mir dann erklärt, was man auf den Zeichnungen alles sieht. Und jetzt kommt's ..." Der Sheriff machte eine kurze Pause, denn dieser Satz fiel ihm nicht leicht. „Die Zeichnungen beweisen, dass Bernd den Kugelfang manipuliert hat."

Anita starrte ihn fassungslos an. Dann stammelte sie: „Das – heißt: – Bernd – hat –."

„Ja."

Jetzt schossen ihr die Tränen in die Augen. Sie schaute den Sheriff mit einem Blick an, der ihn anzubetteln schien, ihr zu sagen, dass das alles nicht stimme.

„Sollen wir eine kleine Pause machen, Frau Hoffschulte?", fragte Pölting vorsichtig.

Erschreckt schaute sie jetzt zu ihm.

„Was?"

„Sollen wir eine Pause machen?"

Sie versuchte, einen klaren Gedanken zu fassen. Dann purzelte ihr irgendwann ein „Weiß ich nicht" aus dem Mund.

„Trinken Sie erstmal einen Schluck."

Demonstrativ nahm auch er seine Tasse, gönnte sich einen ordentlichen Schluck und füllte gleich nach. Dann nahm er den Faden des Sheriffs wieder auf: „Frau Hoffschulte, wir gehen davon aus, dass Ihr Mann das alles bis ins Kleinste geplant hat, und zwar schon seit fast anderthalb Jahren."

„Aber er bringt doch sein eigenes Kind nicht um!" Anita wurde laut. „Der Kleine war doch sein ein und alles!"

Sie rang wieder mit ihrer Fassung.

„Genau daran habe ich erhebliche Zweifel."

„Aber der Vaterschaftstest war doch auch positiv."

„Das ist richtig. Wir wissen nur nicht, wer da getestet worden ist." Pölting hätte in diesem Moment das Labor in Münster verfluchen können, weil die nicht aus dem Quark kamen und er deshalb hier immer noch wild spekulieren musste. „Deshalb habe ich einen neuen Test bei der Gerichtsmedizin veranlasst. Auf das Ergebnis warten wir gerade noch. Ich hoffe, es kommt jetzt bald."

„Anita", schaltete sich noch mal beruhigend der Sheriff ein, „du darfst uns das glauben. Das mit der Zeichnung insbesondere der Manipulationen am Kugelfang ist eindeutig. Und auch sonst passt alles ganz genau hintereinander, der ganze Ablauf."

„Aber es war doch sein Kind", gab sie flehend zurück.

„Warten wir's ab."

In diesem Moment ging dir Tür zum Nebenbüro auf und Feldmann rief herein: „Franjo, kommst Du mal?"

Pölting stand auf.

„Einen Moment, Frau Hoffschulte." Dann ging er nach nebenan.

„Gleich wissen wir mehr", sagte der Sheriff mit mitleidiger Miene, während Anita angespannt auf die Tür zum Nebenbüro starrte.

Es dauerte nicht lange, bis Pölting zurückkam, mit einem Ausdruck in der Hand und Feldmann im Schlepptau, der links neben Pölting Platz nahm. Der legte das Blatt auf den Tisch und schob es so zu Anita hinüber, dass sie es lesen konnte. Ihre Augen flogen nervös über das Papier, bis sie zu dem Satz kam, um den es vor allem ging: „Bernd Hoffschulte ist nicht der Vater des Kindes Gerd Hoffschulte." Sie las den Satz mehrmals, wieder und wieder. Aber die Worte blieben die gleichen: „Bernd Hoffschulte ist nicht der Vater des Kindes Gerd Hoffschulte."

„Frau Hoffschulte?" Pölting sprach ganz vorsichtig. „Frau Hoffschulte?"

Anita blickte seltsam entrückt scheinend auf und sah ihn an. „Ja?"

„Ich glaube, Sie sind uns eine Erklärung schuldig."

„Was – für eine Erklärung?" Sie war mit ihren Gedanken gerade irgendwo, aber nicht in diesem Raum.

„Nun, wir wissen jetzt, dass Ihr Mann nicht der Vater Ihres Kindes ist. Und es gibt nur eine Person in diesem Raum, die weiß, wer es ist. Und das sind Sie, Frau Hoffschulte. – Also strengen Sie sich mal an. Es geht um die Woche vom 2. bis zum 8. Februar 2015. Ihr Mann war auf einer Bioland-Fortbildung, sagt sein Kalender. Was ist da passiert?"

Anita überlegte, und es schien, als versuche sie plötzlich ernsthaft, zurückzuverfolgen, was gewesen war damals. Und je länger sie überlegte, umso ruhiger wurde sie, so als wäre gerade eine große Last von ihr gefallen.

„Wir haben gefeiert. Gerd hatte Geburtstag."

„Welcher Gerd?", fragte Feldmann.

„Gerd Menzel. Er hat am 4. Februar Geburtstag. Er hatte ein paar Freunde eingeladen und wir haben gefeiert."

„Aber davon wird man noch nicht schwanger", wandte Feldmann ein und erntete dafür einen bösen Blick von Pölting. Am liebsten hätte der ihn wieder rübergeschickt. Aber Feldmann verstand den Blick und hielt sich danach zurück.

„Na ja, wir haben ziemlich heftig gefeiert", fuhr Anita fort. „Wir hatten viel Spaß und viel Durst, und nach und nach sind die anderen gegangen, und irgendwann waren wir dann noch alleine."

„Gerd Menzel und Sie", stellte Pölting fest.

„Ja, Gerd und ich. – Mein Gott, wir waren besoffen, und da ist es dann wohl passiert." Anita schrie es fast heraus, wie eine

Entschuldigung, merkte dann aber selbst, dass es fürs Entschuldigen ja längst zu spät war. Sie schlug die Hände vors Gesicht. „Scheiße!"

„Was heißt: ‚ist es dann wohl passiert'?", fragte Feldmann erstaunlich ruhig.

„Mein Gott, ich weiß es nicht mehr genau. Wir hatten sehr viel getrunken und wir haben Quatsch gemacht und rumgealbert."

„Und dann?"

„Ich bin irgendwann in der Nacht aufgewacht und lag neben Gerd im Bett. Ich hab mich erschrocken. Und dann hab ich mich angezogen und bin nach Hause."

„Waren Sie vorher schon mal intim mit Herrn Menzel?", wollte Feldmann wissen.

„Wir waren kurz zusammen, bevor ich mich in Bernd verliebt habe."

„Und das wusste Ihr Mann?"

„Ja, sicher."

„Frau Hoffschulte?", fragte Pölting jetzt bewusst wieder ruhiger. „Weiß Herr Menzel, dass er der Vater ist?"

„Woher denn? Ich glaube nicht, dass er sich noch an den ganzen Abend erinnern kann." Anita war noch immer außer Fassung. „Ich bin doch selbst nicht auf die Idee gekommen. Das kommt jetzt alles erst wieder hoch."

„Er wird davon erfahren müssen. Das ist Ihnen klar, oder?"

Anita nickte.

„Tun Sie mir dennoch einen Gefallen. Rufen Sie ihn jetzt nicht an, denn wir wissen nicht, wie er reagieren wird. Überlassen Sie das bitte uns. Versprochen?"

Sie schaute ihn leicht nickend an.

„Versprochen."

Pölting schaltete das Aufnahmegerät ab und fragte sie dann noch: „Soll der Sheriff Sie nach Hause fahren?"

„Warum?"

„Ich glaube, Sie sollten in Ihrem Zustand jetzt nicht fahren."

„Aber Dieter muss doch noch arbeiten, oder nicht?"

„Wir kommen nachher sowieso noch bei Ihnen vorbei und durchsuchen den Hof."

„Warum?", fragte Anita erstaunt. „Ich dachte, Sie haben jetzt alles gelöst?"

„Im Prinzip ja. Wir haben die Zeichnungen und den Vaterschaftstest. Was uns noch fehlt, ist der Nachweis, dass er's auch getan hat. Aber auch den werden wir finden."

51

Das Aufgebot, das auf dem Hoffschultenhof vorfuhr, war beeindruckend: zwei Bullis voll mit Spurensicherern, Oberstaatsanwalt Baumgarten mit seinem Dienstwagen und dann natürlich Pölting und Feldmann mit ihrem Passat. Der Sheriff war auch schon da. Er hatte ja Anita nach Hause gebracht und dann die Drecksarbeit übernommen: Herrmann und Gertrud zu erklären, dass Ihr Sohn es war, der das hier alles angerichtet hatte. Es war keine leichte Aufgabe und Pölting hatte ihn auch gar nicht damit beauftragt. Aber es war ihm als einer von ihnen wichtig, dass sie es dann auch von ihm erfuhren.

Sie hatten es erstaunlich gelassen aufgenommen. Es schien fast so, als hätten Sie geahnt, dass Bernd es war, und wären froh, dass die Unsicherheit des es Nichtwissens endlich ein Ende gefunden hatte. Jetzt saßen die drei schweigend in Gertruds Küche und beobachteten durch das Fenster den Aufmarsch der Spurensicherung.

„Bleibt Ihr mal hier sitzen." Der Sheriff tätschelte vorsichtig Gertruds Hand. „Ich sag den andern, dass Ihr Bescheid wisst."

Er versuchte ein halbwegs geglücktes Lächeln, stand auf und ging hinaus zu den Kollegen. Auf dem Weg kam ihm Oberstaatsanwalt Baumgarten entgegen, in der Hand den Durchsuchungsbeschluss.

„Den Wisch können Sie stecken lassen, Herr Oberstaatsanwalt“, begrüßte ihn der Sheriff, „die Hoffschultes wissen Bescheid.“

„Danke, Herr Schmidt. Ich bin beeindruckt“, zollte ihm Baumgarten Respekt.

„Auf dem Dorf geht das noch einfacher“, grinste er, wohl wissend, dass der Oberstaatsanwalt ihn vermutlich nicht verstehen würde.

Der wandte sich jetzt dem Spurensicherungstrupp zu: „Meine Damen und Herren, die Hofbesitzer sind informiert. Wir können loslegen. Wonach wir suchen, erfahren Sie jetzt von Hauptkommissar Pölting.“

„Nä, wat förmlich.“

Die Bemerkung konnte sich Pölting nicht verkneifen. Aber Baumgarten hatte ja zum Glück Humor.

„Also Leute, was wir hier suchen, ist relativ einfach zu beschreiben. Das ist zum einen eine drei Millimeter dicke Stahlplatte, circa 60 mal 60 Zentimeter, in der Mitte ein vermutlich zwölf Millimeter Bohrloch und um den Rand herum angefaste Bohrlöcher für sechs Millimeter Senkkopfschrauben. Die Platte sollte eigentlich, so meine Einschätzung, noch komplett sein. Wichtig: Sie ist einseitig grün lackiert. Außerdem suchen wir nach vier Eichenbohlen, gut 50 Zentimeter lang und 40 mal 135 Millimeter im Querschnitt. Natürlich können die auch klein geschnitten worden sein. Also: Viel Spaß beim Suchen. – Und noch was.“ Pölting rief die zu ihren Fahrzeugen gehenden noch einmal zurück. „Wir brauchen keine Verkleidung, außer, Ihr habt Angst, euch dreckig zu machen.“

Während die SpuSi-Trupps ihre Suche aufnahmen, standen Pölting, Feldmann, der Sheriff und der Oberstaatsanwalt auf dem Hof und unterhielten sich.

„Das war gute Arbeit, meine Herren", lobte der noch mal seine Ermittler.

„Ich hoffe nur, dass das alles gut geht", gab Pölting zu bedenken.

„Wieso, die Beweislage ist doch ziemlich eindeutig, selbst wenn wir hier nichts finden."

„Darum geht es nicht. Mir geht es um die Opfer."

„Entschuldigung", erhob Baumgarten Einspruch, „wir haben ein Opfer und einen toten Täter, wenn ich das richtig sehe."

„Die meine ich nicht." Pölting sah ihn ernst an. „Ich rede von der Mutter und dem Vater."

„Wieso, der Vater hat sich doch erhängt."

„Nein."

„Wieso nein?"

„Weil Bernd Hoffschulte nicht der Vater ist. Wir haben das Ergebnis erst heute Vormittag gekriegt. Das können Sie noch nicht wissen."

„Und wer ist dann der Vater?"

„Gerd Menzel."

„Gerd Menzel?" Baumgarten schien vom Blitz getroffen. „Das ist doch der, der auf das Kind geschossen hat?"

„Genau der."

„Jetzt versteh ich Sie, Pölting." Er hielt sich die Hand vor den Mund, um sein Erschrecken nicht allzu öffentlich zu zeigen.

„Sheriff?" Pölting wechselte jetzt wieder vom Erklär- in den Organisiermodus.

„Ja?"

„Hast Du die Telefonnummer von Gerd Menzel?"

„Ja sicher, ich hab ihn doch vorgestern schon angerufen."

„Stimmt. Dann ruf ihn jetzt an und bitte ihn, so schnell es geht hier hinzukommen. Sag ihm einfach, dass wir ihn hier brauchen. Aber sag ihm nicht, was wir wissen."

Der Sheriff schaute ihn sehr schräg an.

„Herr Pölting, bin ich ein Idiot?"

„Schon gut. Mach!"

Währenddessen kam ein SpuSi-Mann mit einer Stahlplatte auf den Hof, die aber schon sehr lädiert aussah.

„Ist das die Platte, die wir suchen?"

„Tut mir leid. Das ist zwar die alte Rückplatte des Kugelfangs, aber wir suchen die neue. Und die hat noch keinen einzigen Schuss abgekriegt", musste Pölting den glücklichen Finder enttäuschen. „Aber lass sie mal hier draußen."

„Alles klar."

„Ich würde mich auch lieber hier umschauen, anstatt hier Maulaffenfeil zu halten", meldete Feldmann Arbeitsdrang an.

„Mach das!"

Feldmann machte sich erleichtert auf den Weg. Mit dem Staatsanwalt Smalltalk zu halten, gehörte nicht zu seinen Kernkompetenzen.

„Was ist, Herr Pölting?", fragte dieser, als der zusehends in Gedanken zu versinken schien.

„Ich überlege, wo ich die Sachen verstecken würde."

„Ich würde sie entsorgen."

„Bernd Hoffschulte nicht. Der hebt alles auf. Und nur deshalb konnten wir ihm auf die Schliche kommen. Weil er nichts wegschmeißt."

„Gut." Baumgarten schien dieses Spekulationsspiel Spaß zu machen. „Die Eichenbohlen würde ich verheizen, einfach in den Kamin rein und weg damit."

„Aber nicht, wenn es draußen über zwanzig Grad ist."

„Ein Punkt für Sie, Pölting. Die dürften also noch da sein."

„Das hoffe ich mal."

„Wohin aber mit der Stahlplatte?“ Baumgarten überlegte. „Das klassische Versteck wäre unter dem Misthaufen.“

„Und deswegen ist es ja auch ein schlechtes Versteck. Weil doch jeder gleich denkt, dass das das ideale Versteck sei.“

„Was aber, wenn er genau damit gerechnet hat?“

Pölting stutzte. „Womit?“

„Dass wir denken, dass dieses Versteck zu einfach ist, und es deshalb ausschließen. Frei nach dem Motto: Ein intelligenter Verbrecher sucht sich ein raffiniertes Versteck. Also nehme ich das Naheliegenste, weil sie mir das nicht zutrauen.“

„Herr Baumgarten, an Ihnen ist ein Ermittler verloren gegangen.“

Unterdessen tauchte der Sheriff wieder auf.

„Es ist alles klar. Ich habe Gerd erreicht. Er versucht, so schnell wie möglich hier zu sein.“

„Gut, Sheriff, ich hab schon wieder eine neue Aufgabe für Dich.“

„Schieß los!“

„Wir müssten den Misthaufen umsetzen.“

„Gut, dass der so klein ist auf einem Biolandhof“, bemerkte der Sheriff sarkastisch.

„Also, kannst Du den Vater fragen, ob er das für uns macht?“

„Ich kann ihn auch fragen, ob ich das machen kann?“

„Du?“ Pölting war verwirrt.

„Ja, ich kenn mich mit Landmaschinen aus. Ich komm von hier.“

„Dann frag mal nach, ob wir den Haufen umsetzen können.“

„Mach ich.“

Der Sheriff machte sich wieder auf den Weg ins Haus, als ihn ein „Stopp!“ von Pölting ereilte. Er drehte um und ging zurück.

„Was ist?“

„Wenn so eine Stahlplatte unter der Miste liegt, dann leidet sie doch, oder?“, wollte Pölting jetzt wissen.

„Da geh ich mal von aus, ja.“

„Dann hat er sie woanders versteckt.“

Baumgarten schaute Pölting verwundert an. Diese Schlussfolgerung konnte er nicht nachvollziehen.

„Wieso das?“

„So, wie ich Bernd Hoffschulte einschätze, hat er die Platte so versteckt, dass er sie irgendwann nochmal verwerten kann.“

52

Als Gerd Menzel auf den Hof fuhr, war die Suche noch voll im Gange und die Ergebnisse immer noch bei null. Er stieg aus und schaute irritiert auf das Treiben.

„Was ist denn hier los?“

„Schön, dass Sie so schnell gekommen sind, Herr Menzel“, grüßte ihn Pölting.

„Was ist hier los?“, wiederholte Gerd seine Frage.

„Wir suchen nach den fehlenden Teilen des Kugelfangs.“

„Wieso hier?“

„Kommen Sie mit rein, Herr Menzel? Wir erklären es Ihnen drinnen.“

„Ja, wenn sie meinen“, antwortete er völlig verwirrt.

„Sheriff, kommst Du mit?“

„Klar.“

Die drei gingen zum Wohnhaus. Die Haustür war nur angelehnt. Pölting schob sie auf und rief nach oben: „Können wir hochkommen, Frau Hoffschulte? Herr Menzel ist da.“

„Ja, sicher“, kam die sehr leise Antwort von oben.

Pölting ging die Treppe hinauf und Gerd Menzel und der Sheriff folgten ihm. Die Wohnzimmertür stand auf und Anita saß auf dem Sofa. Sie hatte wohl gerade dort gelegen. Zumindest ließ ihre etwas zerzauste Frisur das vermuten.

„Darf ich?" Pölting zeigte auf den freien Platz auf dem Sofa.

„Wenn Sie möchte. Setzen Sie sich!" Er setzte sich zu ihr aufs Sofa, während Gerd und der Sheriff in den Sesseln Platz nahmen.

Anita schaute etwas verängstigt Gerd Menzel an, denn sie wusste ja, was jetzt kommen musste. Aber sie wusste nicht, wie Gerd darauf reagieren würde.

Pölting lehnte sich im Sofa zurück und atmete einmal durch, bevor er mit seiner Erklärung begann: „Herr Menzel, Sie fragen sich zu Recht, was hier los ist. Folgendes: Sie haben uns vorgestern gesagt, dass Bernd Hoffschulte die Zeichnungen für den Kugelfang auf seinem Laptop hat."

„Ja."

„Nun, wir haben die Zeichnungen ausgewertet und dabei festgestellt, dass er auch die manipulativen Veränderungen geplant und gezeichnet hat."

„Nein!" Gerd schüttelte ungläubig den Kopf.

„Doch, Herr Menzel. – Dann haben wir in seinem Schreibtisch einen Vaterschaftstest gefunden, erstellt knapp drei Monate nach der Geburt des kleinen Gerd. Der Test war positiv."

Was Pölting da erzählte, kam Gerd ganz unwirklich, ja absurd vor und seine Reaktionen wichen einem nur noch ungläubigen Staunen.

„Wir haben uns natürlich gefragt, was es mit diesem Test auf sich hat, und haben bei der Gerichtsmedizin einen erneuten Test machen lassen. Der war allerdings negativ."

Pölting machte eine kleine Pause, um eine Reaktion abzuwarten. Auch der Sheriff beobachtete Gerd genau. Aber der schien völlig ahnungslos.

„Gerd", sagte Anita sehr leise in einem fast flehentlichen Ton.

„Was ist?“, antwortete er und sah dabei ratlos in ihr verängstigtes Gesicht.

„Frau Hoffschulte war heute Morgen bei uns“, ergriff Pölting schnell wieder das Wort, „und wir haben sie mit einem neuen Vaterschaftstest konfrontiert, den wir haben machen lassen und der negativ ist. Mit Hilfe des Kalenders konnten wir rekonstruieren, wann der Junge gezeugt worden ist. Herr Hoffschulte war zu dem Zeitpunkt aber gar nicht in Strunkeln.“

„Das heißt?“

„Sie haben an dem fraglichen Datum ihren Geburtstag gefeiert und sind laut Auskunft von Frau Hoffschulte, als die anderen Gäste gegangen waren, mit ihr intim geworden.“

„Anita?!“ Gerd schaute sie an, als könne er nicht glauben, was er da hörte. „Das stimmt doch nicht!“

Doch Anita nickte leise.

„Wie? – Dann soll ich – “, sein Blick wanderte wieder zu Pölting.

„Der Vater.“

„Ich soll der Vater sein?“

Anita nickte wieder und antwortete mit einem kaum hörbaren „Ja“.

„Dann hätte ich ja mein eigenes Kind erschossen.“

„Ja, und ich glaube, das hat genau so auch Bernd Hoffschulte geplant. Er hat dafür gesorgt, dass außer ihnen beiden kein weiterer Kandidat auf den Vogel schießt, und dann standen, nachdem der Kleine verschwunden war, plötzlich nur noch Sie ganz alleine unterm Kugelfang.“

Gerd saß wie versteinert in seinem Sessel. Seine Gedanken schossen wie wild durch den Kopf, so als wollte er versuchen, sich alles gleichzeitig in Erinnerung zu rufen. Anita rückte näher an ihn heran, legte ihre Hand vorsichtig auf seine, die auf der Sessellehne ruhte. Aber er zeigte keine Reaktion, weder der Abwehr noch der angenehmen Berührtheit.

„Ist alles in Ordnung, Gerd?", fragte der Sheriff vorsichtig.

Gerd schaute ihn an, so, als hätte er die Frage nicht verstanden.

„Nichts ist in Ordnung, Dieter, nichts."

Pölting und der Sheriff sahen sich an, dann die beiden, dann wieder sich und sie schienen sich einig, dass es jetzt vielleicht besser wäre, die beiden allein zu lassen.

„Können wir Sie alleine lassen?", fragte Pölting vorsichtshalber nach, mit dem Blick ständig zwischen beiden hin- und herwechselnd.

Anita nickte und Gerd entfuhr ein leises „Ja".

Die Polizisten standen auf und verließen schweigend das Zimmer.

Als sie wieder auf den Hof kamen, sahen sie Feldmann im offenen Scheunentor stehen, der der SpuSi bei der Arbeit zuschaute.

„Was gibt es da?", wollte Pölting wissen.

„Brennholz."

„Brennholz? Das hört sich nicht schlecht an."

Pölting betrat die Scheune. In der Ecke war ein riesiger Haufen mir Holzscheiten, den drei SpuSi-Leute nach den Eichenbohlen absuchten.

„Wenn ich der Täter wäre", rief er ihnen zu, „dann hätte ich die Hölzer nach ganz hinten geschmissen."

„Keine schlechte Idee", antwortete Einer von den Dreien und kletterte ganz nach oben auf den Scheithaufen, um an der hinteren Mauer zu suchen. Es dauerte nicht lange und es kam ein fröhliches „Bingo" vom Holzberg herunter.

„Können Sie gut zielen? Dann werfen Sie mal", rief Pölting ihr zu, und sie warf ihm das Holzstück zu.

Fast hätte er es sogar gefangen.

„Danke, aber das nächste Mal versuchen wir es doch ohne Werfen."

Dann bückte er sich nach dem Holz, drehte es in der Hand, hob zur Bestätigung den Daumen und sagte: „Treffer."

Jetzt hatten sich auch die zwei anderen Holzsucher nach oben auf den Haufen begeben.

„Nach wie vielen Stücken suchen wir denn?", kam die Frage von oben.

Pölting schaute noch mal nach. Die Bohlenenden schienen noch mal in drei Stücke gesägt worden zu sein.

„Insgesamt zwölf, nehme ich mal an." Dann gab er Feldmann das Holz. „Siehst Du die Projektilabdrücke?"

„Nicht schlecht, Herr Specht. Ich bin beeindruckt", musste Feldmann anerkennend zugeben.

„Und ich guck mich noch ein bisschen um." Pölting stockte kurz. „Wo ist überhaupt der Staatsanwalt?"

„Der ist schon abgehauen, kurz nachdem ihr ins Haus seid. Ich glaube, das war ihm zu langwierig hier."

„Sag ruhig langweilig. Bleibt ja unter uns."

Beide mussten lachen.

„Wo ist denn der Sheriff?" Er drehte sich um. „Ach, da. – Sheriff, gib mir mal 'ne Hofführung."

Die beiden sahen sich um.

„Wo würdest Du die Eisenplatte verstecken?"

„Gar nicht."

„Wieso gar nicht?"

„Weil doch keiner weiß, dass ich sie ausgetauscht habe."

„Das heißt, Du würdest sie einfach wegstellen?"

„Ja, irgendwohin, wo sie nicht stört – und vielleicht noch abdecken, damit sie nicht auffällt."

„Gut, der Kugelfang stand in der Remise. Gehen wir da hin."

Die beiden gingen hinüber und versuchten sich dort einen Eindruck zu machen. Der Sheriff hatte Recht. Überall an den Wänden standen Dinge, die offensichtlich gerade nicht gebraucht würden. Manche machten auch den Eindruck, als wären sie seit Jahren nicht mehr bewegt worden. Kanthölzer standen in einer Ecke, daneben ein paar Gerüstbretter. An einer Seitenwand hingen ein paar alte Eggen, die nur noch Museumscharakter hatten.

Sie gingen in die Remise hinein, um auch einen Blick hinter die dort abgestellten Maschinen und Anhänger zu werfen. Pölting zeigte auf ein großes Metallteil. „Was ist denn das?"

„Ich würde mal sagen: 'ne Heckklappe vom Anhänger, allerdings ziemlich vermackelt. Die sieht so aus, als wär da einer mal drübergefahren."

„Also nicht mehr zu benutzen."

„In dem Zustand nicht, nee."

„Was meinst Du, wie lange die da schon steht?"

„Oh", flachste der Sheriff, „der Kommissar glaubt, unser Osternest entdeckt zu haben."

„Und wenn es das ist?"

„Wollen wir wetten?"

„Gut, ich kriege 'ne Kiste Bier."

„Ich auch."

„Wenn es das nicht ist?"

„Nee, wenn es das ist."

„Ja, und wer zahlt dann?"

„Feldmann?"

Beide mussten lachen und gaben sich die Fünf. Aber dann kam auch direkt wieder die Anspannung zurück. Sie gingen an die Remisenrückwand und klappten die Anhängerklappe nach vorn. Dahinter stand tatsächlich eine Platte von passender Größe, abgedeckt mit einem alten Sack. Pölting zog den Sack ab und darunter kam die gesuchte Stahlplatte zum Vorschein. Die beiden lächelten sich an, klappten die Anhängerklappe wieder an die Wand zurück und gaben sich noch einmal, diesmal allerdings sichtlich glücklich, die Fünf.

Pölting atmete tief durch, packte den Sheriff bei den Schultern und sagte nicht ohne Stolz: „Mission accomplished."

53

Die Rückfahrt nach Paderborn war die angenehmste, die die drei Ermittler in den letzten anderthalb Wochen erlebt hatten. Gut, dass eine Mordsstimmung im Wagen herrschte, wäre übertrieben gewesen. Aber der Fall war gelöst und entsprechend gelöst waren die drei eben auch. Die Spurensicherer hatten alle fehlenden Hölzer der Eichenbeplankung auf dem Holzhaufen gefunden und die Rückplatte des Kugelfangs war ja ebenfalls aufgetaucht. Lediglich Feldmann hatte Bedenken geäußert, dass sie Gerd Menzel und Anita Hoffschulte alleine zurückgelassen hatten, obwohl doch beide jetzt wohl noch stärker traumatisch belastet seien und sicherlich psychologische Betreuung bräuchten. Aber Pölting hatte abgewinkt und ihm erklärt, dass die beiden ja noch sich hätten und sich gegenseitig wohl am besten bestärken könnten, und der Sheriff hatte ihm beigepflichtet. Schließlich hatte Pölting nach einem Blick auf die Uhr angemerkt, dass in gut einer Stunde sein Lieblingsgrieche Panou öffnen werde und die beiden zur Feier des Tages auf einen Absackouzo eingeladen.

Jetzt saßen sie in der Ouzeria Aphrodite an Pöltings Lieblingstisch am Fenster, von dem aus man wunderbar die Fußgänger auf der Riemekestraße beobachten konnte.

„Oh, Polizei im Dreierpack. Habe ich etwas ausgefressen?", begrüßte der Chef sie persönlich.

„Nein Panou, wir haben Feierabend und wollen den gemütlich ausklingen lassen“, entgegnete Pölting.

„Wunderbar. Was darf ich den Herren bringen? Der Kommissario will einen Retsina und Leber. Das weiß ich schon.“

„Nein, der Kommissario will ein Bier und die Karte“, konterte Pölting.

Es ging ihm auf den Keks, dass Panou hier seine Essgewohnheiten ausposaunte. Er fragte ihn ja auch nicht, was das für eine Blondine gewesen sei, an der er da am Freitagmittag am Tisch neben der Theke rumgefummelt habe.

„Und was bekommen die anderen Herren zu trinken?“

Feldmann bestellte sich auch ein Bier und der Sheriff ein alkoholfreies, denn er musste ja noch mit dem Auto nach Strunkeln.

„Sheriff. Wenn Du was Richtiges trinken willst, kannst Du Dein Auto stehen lassen und ich nehme Dich mit nach Scharmede. Wir haben ein Gästezimmer“, machte Pölting ein Angebot. „Ich muss nur meiner Frau Bescheid geben, dass sie nicht erschrickt, wenn Du auftauchst.“

Mit einem Grinsen zog er sein Handy aus der Tasche, um Bettina zu benachrichtigen.

„Hallo Schatz“, schrieb er ihr. „wir haben den Fall gelöst und sitzen jetzt bei Panou, um unseren Erfolg zu begießen. Es kann sein, dass ich nachher den Sheriff mitbringe, falls er nicht mehr mit dem Auto nach Hause fahren darf.“

Dann schickte er die Nachricht ab.

Die drei saßen jetzt zufrieden am Tisch, Panou brachte die Getänke und nahm die Essensbestellung entgegen. Pölting bestellte, teils aus Trotz, teils, weil er sowieso mehr Hunger hatte, einen Aphrodite-Teller.

„Das hört sich gut an“, sagte Feldmann. „Ich nehme auch einen.“

Auch der Sheriff nickte beifällig, woraufhin Panou vorschlug: „Wisst Ihr was? Ich mache einen großen Teller für drei mit allem."

Der Vorschlag fand freudige Zustimmung und Panou entschwand Richtung Küche. Pölting hob feierlich sein Glas, um mit den anderen anzustoßen. „

Auf unseren Erfolg."

In dem Moment meldete sich WhatsApp. Pölting schaute nach und musste grinsen.

„Was ist?", wollte Feldmann wissen.

„Sie schreibt, wir sollen es nicht zu toll treiben."

„Jaa", seufzte der Sheriff plötzlich, „es waren ein paar spannende Tage mit euch."

„Was hast Du denn jetzt?", fragte Feldmann verstört.

„Na ja, ab morgen kann ich wieder Streife fahren."

„Du?" Pölting richtete sich auf und stützte sich dabei mit den Händen auf der Tischkannte ab. „Du setzt Dich morgen früh fein an Deinen Schreibtisch und schreibst einen Versetzungsantrag."

„Was?" Der Sheriff hatte das Gefühl, als hätte er gerade eine fremde Stimme gehört.

„Versetzungsantrag. Haberkamp hab ich schon überzeugt."

„Du meinst, –."

„Ja."

Langsam wich das Unverständnis des Sheriffs einem breiten Grinsen. So ungefähr musste es sich auch anfühlen, wenn einem klar wurde, dass man Schützenkönig geworden ist.

„Franjo, ich glaube, ich nehme Dein Angebot an." Er drehte sich zum Tresen und rief hinüber: „Herr Wirt, eine Runde Ouzo, und für mich noch ein Bier, aber mit Geschmack."